아야이!
문학의 비명

AYAÏ!
LE CRI DE LA LITTÉRATURE
by Hélène Cixous
with the images of Adel Abdessemed

엘렌 식수
아야이!
문학의 비명

이혜인 옮김

wo
rk
ro
om

일러두기

이 책은 엘렌 식수(Hélène Cixous)의 글과 아델 압데세메드(Adel Abdessemed)의 작품을 엮은 『아야이! 문학의 비명(Ayaï ! Le cri de la littérature)』(파리, 갈릴레 출판사[Éditions Galilée], 2013)을 한국어로 옮긴 것이다. 최초 판본 스물다섯 권은 비질(Vizille) 제지사의 줄무늬 결이 있는 상아색 종이 120g에 여백을 넓게 두어 찍었고, 첫 장과 마지막 장 판화는 아델 압데세메드가 손수 흑석으로 덧칠했으며, 엘렌 식수가 자필 서명했다.

주는 옮긴이가 작성했으며, 원주는 별도로 밝혔다.

원문에서 강조하기 위해 이탤릭체를 사용한 부분은 방점으로 구분했고, 대문자로 강조된 부분은 고딕체로 옮겼다.

차례

작가에 대하여

엘렌 식수(Héléne Cixous, 1937-)는 영문학 교수이자 소설가, 극작가로 프랑스의 대표적인 페미니스트 학자다. 1937년 알제리 오랑에서 태어나 유년 시절을 보내고, 바칼로레아 취득 후 프랑스에서 고등교육을 받았다. 1967년 단편집 『신의 이름』으로 문단에 데뷔하고 1968년 '제임스 조이스의 망명 혹은 대체의 예술'이라는 주제로 박사 학위논문을 마친 뒤, 같은 해 뱅센실험대학(파리8대학)의 창립 멤버로 활동한다. 이후 영문학과 교수로 재직하며 1974년 파리8대학에 여성학 연구소를 신설하고, 여성학 박사 학위 과정을 도입했다. 1970년대 중반 발표한 에세이 「메두사의 웃음」과 「출구」는 '여성적 글쓰기'를 알리는 선언으로 읽히며 큰 반향을 일으켰다. 식수는 현재까지 70여 편의 픽션과 에세이, 희곡을 저술하며 집필 활동을 왕성히 이어 가고 있다.

이 책에 대하여

비명 아래의 글들. 한 학술 대회에서 '문학을 다시 생각하기'라는 주제를 건네받은 엘렌 식수는 문학이 스스로 외쳐 온, 외쳐 갈 비명을 다시금 강력히 환기한다. "아야이!"(책 제목) "잿더미에서 나를 꺼내 줘!"(서문 제목) 식수는 오랜 시간 여러 목소리로 거듭되며 죽음과 삶의 경계-지역을 이룬 비명들을 헤집어 불씨를 되살리는 데 몰두한다. 그것이 그가 아는 문학이기에.

언어를 되새김질하며 글을 쓰는 식수가 문학의 비명을 드러내는 방식은 번역을 닮아 있다. "죽음이여, 자부할 것 없네 // 한 사람이 죽으면, 한 챕터가 / 책에서 찢겨 나가는 게 아니라, / 다른 언어로 더 잘 번역되는 거라네."(존 던, 『명상 17』, 34–5쪽) 번역을 통한 애도는 마침 최근 한국어판이 출간된 『녹스』에서 앤 카슨이 먼 곳에서 운명을 달리한 형제를 기리며 구현하는 애도의 방식과 공명한다. 죽음과 삶의 경계가 언어의 경계와 맞닿으며 무색해진다. 미완성을 담보하기. "언어 주변에 모이는 번역 불가한 것들"(46쪽)을 통해, 식수는 도처의 죽음에서 삶을 발견한다. "내 사랑, 난 당신이 죽은 줄 알았어, 당신은 그저 다른 삶으로 넘어간 거였는데"(34쪽) 마침표를 누락한 문장은 삶으로 이어지는 죽음을 간결히 형상화한다.

책장을 감싸는 소리의 이름은 조종(弔鐘)이다. 암암리에 문학을 맴도는 이 애도의 소리를 식수는 "수 세기와 여러 언어를 거쳐 반복적으로 되돌아오는 심장박동 소리"(33쪽)로 듣는다. 이는 그의 살아 있는 문장들이 움직이며 여러 해석을 담보하는 이유 중 하나이기도 할 것이다. 이 책이 증명하듯, 이 맥박, 이 리듬은 멈춘 적이 없다.

편집자

아델 압데세메드, 「아야이(Ayaï)」(2013)
종이에 흑석(Pierre noire sur papier), 74.9 × 104.8 cm

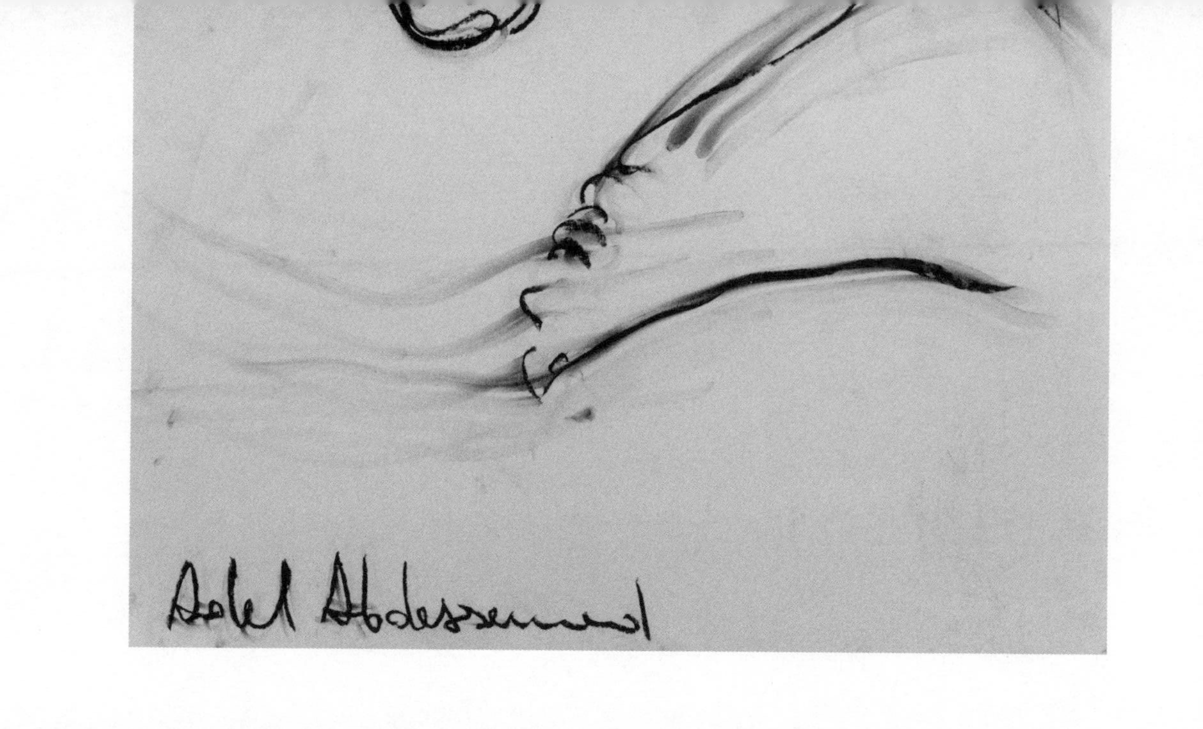
Adel Abdessemed

잿더미에서 나를 꺼내 줘!

“*Re-thinking Literature*”, 문학을 다시-생각하기, 이것이 나의 친구 도나시앵 그로, 문학을 번식시키거나 투과시키면서 보마르셰와 프루스트를 잇는 매개자, 온갖 아름다운 사유에 불씨를 지피는 관대한 그가 내게 건넨 사유의 제안 혹은 명령이었다. 그는 내게 이토록 호의적이고 품위 있으면서 친근하고 열정적인 뉴욕 대학교의 무대에서 연설하기 위해, 마치 문학이 다시-생각하는 것처럼 다시-생각해 보길 고려해 보라고 속삭였다.*

하지만 내가 생각하기에 문학이 하는 것은 오로지 스스로 다시-생각하는 것뿐이었으니, 문학은 조이스가 『피네간의 경야』에서 쾌활하게 선보였듯, 성경 속 마구간 건초 더미, 쓰레기, 문자, 문학을(litières, *litter*, *letters*, lettres) 재가공하고 재활용하는 암탉이다 — 삶은 암탉 랭보의 용골 달걀암탉의 암탈걀(poule à la coque quille rimbaldienne, pouloeuf d’œufpoule).** 우리의 오랜 상처

* 2013년 가을, 뉴욕 대학교에서 톰 비숍(Tom Bishop)과 도나시앵 그로(Donatien Grau)가 ‘문학을 다시 생각하기(Re-thinking Literature)’라는 주제로 학술 대회를 주관했다.—원주

** 자신을 다시-생각하는, 시작과 끝을 알 수 없는 반복적인 문학의 움직임을 시청각적으로 형상화한 비유가 ‘닭이 먼저인지 달걀이 먼저인지’라는 질문을 연상시킨다. “랭보의 용골(quille rimbaldienne)”은 아르튀르 랭보의 시 「취한 배(Le Bateau ivre)」 후반부의 한 구절, “오 나의 용골 부서지고! 오 나 바다에 흐르리라!(Ô que ma quille éclate ! Ô que j’aille à la mer !)”와 연관된다. 용골(龍骨)은 선박 바닥 중앙을

를 붕대로 감는 수많은 누에,* 자기 혀로 상처를 핥는 늙은 개.

이 비참하고 영예로운 시간, 더디게 흘러가는 2013년 내내 나의 어머니, 내 창작물 절반의 주인공이기도 한 에브가 필연 나직이 하직하고 있을 때, 도나시앵이 울린 인경(人定)이 내게 들려왔고, 나는 몽테뉴가 홀로 감수할 행위라고 일컬은 마지막 행위를 살피고, 저항하고, 밀어내면서도 그걸 잊은 채 문학으로 몸을 휘감고, 영원히 텍스트화된, 영적인 새들의 울음소리로 영혼을 달랬다.

그리고 샤토브리앙의 개똥지빠귀,** 오비디우스의

받치는 나무를 가리키는 한편 포유류의 화석화된 뼈를 가리키기도 한다. 이 시가 한 시인의 여정을 '배'를 은유해 그린 것이라면, 시가 전개됨에 따라 초현실주의적인 색채가 가미되고, 지칭 대상 구분이 모호해지는데, 그 과정에서 시와 시인의 구분도 불분명해진다. 이를 염두에 둔 엘렌 식수가 문학을 생각하는 상황을 랭보의 시에 비추어 본 비유인 듯하다.

* "수많은 누에(Multivers)"는 다양하게 해석할 수 있지만, '다중, 여럿'을 의미하는 접두사 'multi'와 '누에'를 의미하는 'ver (à soie)'의 복수형 'vers'가 결합한 것으로 보았다. 식수는 글쓰기를 직조(織造)에 비유하곤 하는데, 누에가 스스로 실을 토해서 고치를 짓는 것은 스스로 다시-생각하는 문학의 이미지와 유사하다. 이는 개념적인 비유이기 이전에 말 자체(발음의 유사성)에서 도출된 것임을 부연한다. '붕대를 감다'를 의미하는 프랑스어 'panser'와 '생각하다'를 뜻하는 'penser'는 발음상으로도 유사하다.

** 회고록 『무덤 너머의 회상』에서 프랑수아르네 드 샤토브리앙은 개똥지빠귀의 울음소리를 듣고 어린 시절을 회상한다. 개똥지빠귀 소리를 듣고 슬픈 감정이 드는 건 과거나 현재나 마찬가지이지만, 어린 시절에 느낀 슬픔은 미래의 행복을 향한 열망에서 나온 것임에 반해, 현재 그가 느끼는 슬픔은 지난날들의 잃어버린 행복을 추억하는 데 기인한다는 점에서 죽음과 상실에 관한 성찰을 담는다.

고귀한 물총새 부부,* 셰익스피어의 불사조**가 노래한 유례없는 애가, 에드거 포의 까마귀, 안녕히! 영영!(*Vale! Nevermore!*)*** 고별과 구원의 전언이 한데 모인 내 마음 속 협주 중에, 오비디우스나 소포클레스의 노랫말 사이로 아야이! 아야이! 자기 이름 부르면서 운명을 한탄하는 아이아스의 비명이 들려왔다. 아아! 슬프다! 안녕히! 내가 죽었다네! 나를 잊지 마! 아야이! 나를 기억해! 돌아올 거야! 잿더미에서 나를 꺼내 줘!

문학은 오로지 이 생각만 할 뿐이다. 잿더미를 휘젓고, 낱말들로 상상을 초월하는 문장을 다시 만들고, 소생시키고, 불씨를 되살리기. 비명과 불. 햄릿 왕이 받아서 계승한 불의 비명. 문자 아래 간직한 내 아버지의 소리 없는 비명.

아델을 만난 건 잿더미 둥지로 몸을 숙였을 때였다. 아델 압데세메드(Adel Abdessemed), 그도 우리의 매개자 도나시앵의 목소리를 듣고, 안내를 받았다. 어떤 면에서 필연적인 만남이 있다. 불타는 여자아이의 절규를 「비명(Cri)」으로 옮기고, 불멸의 초상화로 만들고, 너무도 익

* 오비디우스의 『변신 이야기』에 등장하는 테살리아의 왕 케익스와 왕비 알키오네를 암시한다. 아폴론의 신탁을 받기 위해 항해를 떠난 케익스가 폭풍우에 휘말려 익사하자 그의 시신을 발견한 알키오네가 남편의 운명을 따르고자 절벽에서 뛰어내린다. 이들의 사랑을 안타깝게 여긴 헤라가 알키오네를 물총새로 변신시키고, 물총새가 된 알키오네가 케익스의 시신에 입을 맞추자 그 또한 물총새로 변해 함께 지낼 수 있게 된다.
** 윌리엄 셰익스피어의 희곡 「불사조와 산비둘기」 참조.
*** 에드거 앨런 포의 시 「갈까마귀」 참조.

숙한 불행을 오비디우스 식으로 승화시킨 자, 그가 아델 압데세메드다. 아. 아.(A. A.), 그는 고통의 예술가이자 잔혹함의 조련사다. 그리고 아주 자연스럽게도 불을 다루는 이 청년이 『아야이!』의 시각적인 울림을 주었다. 그의 모든 행위가 폭력의 독백을 정념의 대화로 탈바꿈시킨다. 나는 그가 만든 이미지들을 마치 3천 500년 전에 본 것처럼 단번에 알아보았다.

이것으로 이 책의 분배에 관한 간략한 설명을 마친다.

아야이!

영원히 — 꿈(Ever — Rêve)

항상 거기 있는, 에버(Ever), 그게 그녀의 이름이다, 종국에 항상 거기 있는, 마지막, 심연이 있는 즉시 그녀, 문학은 항상 거기서 에버(Ever), 종국에, 삶이라는 배가 좌초될 때 열두 행과 10분 만에 끝장나고(*all lost*), 우리가 몰락하고, 모든 게 끝장날 때, 폭풍우를 만난 셰익스피어의 선원이 두 단어만 가지고 그렇게 했듯이 재개를 위한 기회를 주고, 대체하면서 있었을 것이다, 서둘러, 다른 장면으로 넘어가자.

BOATSWAIN — Lay her a-hord, a-hold ! Set her two courses ! Off to sea... Lay her off !

(Enter Mariners, wet)

MARINERS — All lost ! To prayers ! All lost !

(Exeunt Mariners)

BOATSWAIN — What, must our mouths be cold ?

GONZALO — The King and Prince at prayers ! Let's assist them, For our case is as theirs.

갑판장. 단단히 당겨! 붙잡아! 돛 두 개를 올려라!
먼바다로 가자! 먼바다를 향해!

(물에 흠뻑 젖은 선원들이 들어온다.)

선원들. 끝장났네! 모두 기도하세! 글렀어!

(선원들이 나간다.)

갑판장. 뭐라고! 이제 희망이 없는 건가?

곤절로. 왕과 왕자께서 기도 중이시다! 우리 모두 같은 운명이니 가서 함께 기도하세.*

세상은 끝났고 / 나는 너를 품어야 한다(*Die Welt ist fort / ich muss dich tragen*),** 그녀는 첼란의 언어에서 내가 너를 품어야 해라고 말한 나(*ich*)이고, 슬픔을 가라앉히지 않고, 구하고 품는 자이다, 끝장났다(*all lost*), 그리고 잠시 뒤 우리는 셰익스피어가 절대로 명명하지 않았을 섬 해안가에서 눈을 뜨고 살아난다, 왜냐하면 그것이 문학 자체이고, 비상용-연극 무대이기 때문이다. 프러스퍼로가 등장한다, 그리고 그의 마술 지팡이 펜이 등장한다. (마법 망토를 걸치고 지팡이를 든) 프러스퍼로 그리고 미랜다 등장(*Enter Prospero [in his magic cloak, with a staff] and Miranda*): 글쓰기와 읽기.

* 윌리엄 셰익스피어, 「폭풍우」, 제1막 제1장.—원주

** 파울 첼란의 시구. 자크 데리다는 『숫양들(Béliers)』(갈릴레, 2003)의 마지막 챕터에서 이 시구를 인용하면서, 세상이 사라진 후에도 내 안의 타자를 '너'라 지칭하고 조건 없이 품는 것이야말로 보편적인 법, 즉 존재론에 앞서는 윤리 자체라고 이야기한다. "세상은 끝났고 / 나는 너를 품어야 한다."라고 말하는 주체가 문학이라고 보는 식수의 문학관은 삶과 맞닿아 있는 동시에 윤리적이라 볼 수 있다.

활유법:

—“나”, 문학이, 여덟 단어로 세계를 다시 일으킨다.

끝이(*Fort*), 세상이라는 것은(*die Welt*), 났고(*ist*), 나는(*ich*), 너를(*dich*), 품어야(*tragen*), 한다(*muss*). 여덟 단어로, 아주 짧은 시를, 몇몇 음절로, 세계-전체를.

지난봄 나는 로스(*Los*)라는 단어로 책 한 권을 파종했다.* 로스(*Los*)는 삶과 죽음의 씨앗이다. 로스(*Los*)라는 단어에는 수많은 낱말과 영혼이 담겨 있다. 로스(*Los*)! 그만두자! 어서!

조심해! 우리가 세계를 잃었다고? 빨리, 기도드리러 가세, 호소를 게양하고, 단어 두 개를 바다로 던지게, 문학을 심연 위로 펼치자.

끝장이 났네!(*All lost !*)

모두 기도하세!(*To prayers !*)

“그가 나선다!(*He war !*)”**

* 엘렌 식수, 『챕터 로스: 시간에 관한 초록과 간략한 연대기(Chapitre Los: Abstracts et Brèves Chroniques du temps)』, 갈릴레, 2013.

** 제임스 조이스의 『피네간의 경야』에 나오는 구절. 이 작품이 영어뿐 아니라 수많은 언어로 동시에 쓰였다는 점을 감안하면, “He war” 또한 ‘그가 전쟁하다’만 의미하지 않음을 짐작할 수 있다. 데리다는 독일어로 ‘He war’가 ‘그가 …이었다 / 있었다(he was)’라는 과거형 구문이라는 것과, He(w)ar은 애너그램으로 히브리어에서 야훼(יהוה / Yahweh), 즉 신의 이름을 의미할 수 있음을 지적하는데, 이를 염두하고 본문으로 돌아가 “All lost ! / To prayers ! / He war !”를 다시 읽는다면, 모든 게 끝장났다고 외치며 포기하는 찰나 선전포고를 하고, 순식간에 이미 지난 이야기로 만드는 문학의 움직임을 형상화한다고 볼 수 있다. 자크 데리다, 『율리시스 그라마폰: 조이스를 위한 두

두 단어!

기억하나요? 자크 데리다도 알고 있었듯이 (내가 또 다른 전능이라고 부르는) 문학은 두 단어만으로 자신의 힘을 드러낼 수 있다. 심연을 메우는 두 단어. 그런데 어떤 단어 말인가! 호두 껍질-단어, 천재적-단어, 약간의 수분만으로 되살릴 수 있는 잠든 시간의 메마른 씨앗. 어느 새해 첫날 우리는 그가 무(無)의 문턱에 멈춰서 지옥 입구로 몸을 숙인 채, 단테와 지척 거리에서 수척한 첼란의 모습을 하고 돌아오는 것을 보았다. 그리고 거기에는 시편과 부활, 그리고 시인에게서 시인에게 전해지기 위해 태초부터 간직된 불멸의 여윈 장미가 있었다.

영혼의 책장에서 응축과 전이를 통해 가장 정교한 단어를 추출하기 위해서는 책 수백여 권의 속삭임이 있어야 한다. 무진한 연금술. 1907년 소포클레스의 티끌이 프루스트의 공책에 총총히 박힌다.*

이러한 이주가 어떻게 가능할까?

무수한 시작 중 수많은 시작에 우리의 고통이라는 첫 번째 음가가 있었을 것이고, 그 음이 다음과 같이 횡격막을 거쳐 하늘을 향해 솟구쳤을 것이다:

아야이!

단어(Ulysse Gramaphones: deux mots pour Joyce)』(갈릴레, 1987) 참조.

* 소포클레스와 프루스트의 공책에 대한 내용은 이 책의 4장 「우선 테올레폰(Théoléphone)에게 호소한다」에서 본격적으로 등장한다.

보편적인 단어, 부름. 내 고양이들도 외치니 아야이! 미야이! 롤랑의 뿔피리도 외친다.*

곧이어 바로 화답이 들려온다.

나는 지난 9년간 아홉 번 세상 끝에 놓였다. 죽음이 공격한다. 매번 종말이(었고) 왔고, 더딘 벼락처럼 가혹한 종말처럼 냉혹한 밀물처럼 죽음이 산 자들을 데리러 온다. 더디게 진행되는 폭풍우 속에서 우리는 우선 안녕히!라 외치고(crie) 그 후에 운문 59를 쓴다(écrit).

가장 잔혹한 달의 끔찍한 목요일, 운명이 순식간에 나의 아버지와 내 심장 절반, 그리고 이 세계의 지반을 한꺼번에 몽땅 낚아채 갔을 때, 내게 남은 건 상처와 고통뿐이었다, 내 나이 열 살, 2월의 제비꽃이 피려던 때, 나는 공책 한 권을 붙들었고 문학은 심연을 메우는 작업을 하기 시작했다. 나는 뿌리째 뽑혔고, 단어와 그 단어의 다중음이 만들어 낸 수많은 불사조를 제외하고 모든 게 끝장났다. 그날 알제에 있는 내 아버지의 정원에서 「불사조와 산비둘기」를 상연했다.**

* 「롤랑의 노래」는 프랑스에서 가장 오래된 중세 무훈시이다. 샤를마뉴의 조카 롤랑이 이슬람교도를 토벌하러 떠나지만 양아버지의 배신으로 전사하는데, 구원을 요청하는 뿔나팔을 너무 늦게 불었다고 전해진다.

** 윌리엄 셰익스피어, 「불사조와 산비둘기」. 영어로 불사조(phoenix)는 여성형, 산비둘기(turtle)는 남성형이다.—원주 (반면 프랑스어로 '불사조[phénix]'는 남성형,

소망(消亡), …에 태어나고 …에 죽고 소망! 소망(所望)!(Néant, née en — mort[e] en — néant! Néant!)* 굉장한 프랑스어 단어다! 공중을 날던 단어 무리가 꽃으로 장식된 작업대 위로, 미모사 위로 쏟아졌다, 모든 게 비명이며 음악이었고, 나는 외쳤다. 계속 살아요! 아빠! 아빠. 내가 프랑스어로 외쳤다. 누군가 우리에게서 한 생명을 앗아 갈 때, 여러분도 눈치챘듯이 우리는 소중한 이의 이름을 외치고, 그 이름에 간청하고, 그 이름을 반복한다, 언어에 있는 모든 낱말을 대신하여 그 이름을 부르고, 불러서 한없이 메아리치게 한다. 할머니! 아빠! 고유한 이름으로 공허를 꿰뚫고, 이름을 다시 붙들고, 소망(消亡)을 음악으로 바꾸기 위해서 그 이름을 무한히 되풀이하고, 침묵의 모루를 우리가 외치는 이름으로 두들긴다, 에우리디케! 엄마! 우리는 화답하지 않는 존재를 위해, 그를 대신해서 외친다. 이름을 부르는 건 침묵을 쫓는 행위이고, 죽음이 선고한 판결을 거역하는 일이다. 우리가 여기 없는 존재(l'être)를 부르고, 그의 옷자락과 이름 속 글자들(letters)로 그를 붙들고, 기도하고 신이여! 하고 외치니(crions) 우리가 신, **소망**(所望)을 창조한다(créons). 그리고 기도가 이루어진다. 비명기도(crière). 회화가 디부타드에게서 기원한

'산비둘기[Tourterelle]'는 여성형 명사다.—옮긴이주)

* "Néant, née en—mort(e) en—néant! Néant!"은 동음이의에 기반한다. 프랑스어로 '무, 공백, 사멸, 소망(消亡)'을 의미하는 단어 'néant'과 '…(해)에 태어난다'를 의미하는 구문 'né en'의 발음은 '네앙'으로 동일하다. 'néant'의 음가에 '탄생'을 의미하는 어휘도 있다는 점에서, 식수는 소멸과 소생이라는 말을 연결해 사용한다.

것이나* 글쓰기가 고안된 방식과 마찬가지로, 문학은 강탈과 살육과 망각에 대항하는 일종의 비상시 보루로 고안됐다. 우리의 자가면역에 대항해서. 우리의 빼어난 적응력과 현실 순응에 대항해서. 우리의 끔찍한 정신 체계에 대항해서. 넌 죽었어. 네게서 세상을 빼앗아 가마. 네 숨통을 끊어 주겠어. 끝났어. 글렀다고. 끝장났어. 죽어야 할 운명이 말한다.

— 아니야! 내가 외친다.

난 굴복하지 않는다. 끝난 게 끝난 게 아니다. 이미 벌어지고 돌이킬 수 없는 일을 파기할 수 있다. 나는 '무(Néant)'라는 단어를 붙잡고, 반대로 뒤집는다. 태어나기(Né en).

영어를 쓰는 내 벗, 너는 내게 말하겠지 — 아, 하지만 내 언어에는 그런 단어가 없는데. 내 영어에는 너싱니스(*Nothingness*)밖에 없어. 그건 같지 않아. 그래, 네앙(Néant)은 "아무것도 아닌 것"이 아니고, 살아 있는 자가 아무도 없는 것이니까, 네앙(*Néant*)은 후기 라틴어의 독특한 어구 네 겐템(*ne gentem*)에서 나왔지(né en). 살아 있는 이가 한 명도 없음.

— 하지만, 당신, 영어 연주자들이여, 여러분에겐 던

* 플리니우스의 『박물지』 35권에 등장하는 그림의 기원에 관한 이야기. 디부타드는 고대 그리스의 도공으로, 그의 딸이 이튿날 전쟁터로 떠날 연인을 기억하기 위해 잠든 연인의 얼굴에 램프로 빛을 비추어 벽에 생긴 그림자를 따라 그림을 그리자 디부타드가 거기에 진흙을 발라 부조를 만들어 굽고 기와로 지붕에 얹어 두었는데, 이는 사람의 형상이 도자기에 담긴 첫 사례이자 그림의 기원으로 알려졌다.

(*Done*)이라는 경이로운 행운이 있지요. 이 생각이 떠오른 건 던(*done*)의 기습으로 영문 심포니가 시작되었을 때다. 베어울프에서 존 던, 셰익스피어에서 조이스에 이르기까지 영어로 쓰인 기억 속에, 데리다가 프랑스어로 그 무한한 의미를 우리에게 들려준 바 있는 조종(弔鐘)이 울려 퍼진다.* 던(*Done*).

영어로 던(*Done*)은 '하다'를 의미하는 '*do*' 동사의 과거분사형으로, 이미 한 것이다. 그건, 이미 행해졌고, 끝난 걸 의미한다. 아이 엠 던(*I am done*), 난 글렀어. 난 망했어. 끝장났다고. 이제 끝이야. 던(*Done*)은 조종이고, 「맥베스」의 마음속 경종이다. 끝난 건 끝난 거야(*What is done is done*). 되돌릴 수 없어(*It cannot be undone*). 이미 행해진 걸 취소할 수 있을까, 안-죽을 수, 안-끝마칠 수, 안-해체할 수 있을까? 안 돼. 아니 가능해. 문학은 잿더미로 삶을 재건할 수 있다. 다른 삶을. 이어지고, 속행하는 삶을.

던(*Done*)이 죽고, 던(*Donne*)의 던(*done*)으로 회생한다.** 베냐민의 꿈속에 등장한 숄이 프랑스어의 마술로 '끝장난(fichu)'으로 바뀌고, 그게 다시 시로, 이어서 데리다의 불멸에 관한 꿈으로 바뀌듯이.***

* 자크 데리다의 저서 『조종(Glas)』(갈릴레, 1974)을 암시한다.

** 죽음에 대한 존 던(John Donne)의 관점은 이 책 2장 「59」에서 참조.

*** 데리다의 프랑크푸르트 연설문 『숄(Fichus)』(갈릴레, 2002)을 인용한 부분. 2001년

텍스트가 움트는 오지 중 오지에 (이곳에서는 모든 게 그르쳤고, 숄[un fichu] 또한 다른 방식으로 끝장나는데[fichu], 그러므로 여기서 텍스트는 항상 다소 그르쳤고, 다소 건재한데, 잔해들이 꿈꾸고, 그들을 일으켜 세울 누군가를 꿈꾸는 이곳에서) 변신의 귀재가 살고 있다.

문학은 변신에 능한 신(神)이며, 항상 같은 무덤, 같은 비밀 주위를 바삐 움직인다. 말라르메는 아나톨의 무덤을.* 에드거 포는 모렐라의 무덤을.** 쥘리앵 소렐의 머리가 있는 무덤을.*** 클레오파트라의 무덤을.**** 데리다는 베냐민의 무덤을 숄로 감싸듯이 맴돈다.

9월 22일, 9.11 테러가 있고 11일 후 데리다가 프랑크푸르트에서 아도르노 상을 수상할 때, 그는 베냐민이 그레텔 아도르노에게 보낸 편지의 구절을 인용한다. 편지는 프랑스어로 쓰였다. 베냐민은 자신의 꿈 이야기를 들려주면서 "Il s'agissait de changer en fichu une poésie.(숄을 시로 바꾸는 것에 관한 것이었어요.)"라고 말하는데, 'fichu'는 명사로 '어깨에 두르는 세모꼴 숄'을 의미하기도 하지만, 형용사 혹은 감탄사로는 '끝장난', '볼장 다 본', '제기랄'을 의미하기도 한다. 숄을 가리키는 여러 단어 중 굳이 'fichu'를 택한 이유가 있을지 생각하던 데리다는, 베냐민의 밝은 느낌의 꿈에서부터 죽음의 그림자를 읽는다.

* 죽음을 끝으로 받아들이지 않는 문학적 제스처를 나열한 대목. 아나톨은 시인 스테판 말라르메의 외아들로 여덟 살에 죽는다. 말라르메의 유작 『아나톨의 무덤에로(Pour un tombeau d'Anatole)』(쇠유[Seuil], 1961)는 아들의 병과 죽음에 관한 내용을 담고 있다.

** 에드거 앨런 포의 소설에는 죽은 여자가 환생하는 모티브가 자주 등장하는데, 단편소설 「모렐라」의 주인공도 그중 하나다.

*** 스탕달의 소설 『적과 흑』의 여자 주인공 마틸드를 암시한 대목으로 읽을 수 있다. 쥘리앵 소렐이 단두대에서 처형된 뒤, 마틸드는 그의 머리를 수습해서 묻어 준다.

**** 셰익스피어는 희곡 「안토니우스와 클레오파트라」에서 로마 장군 안토니우스와 이집트 여왕 클레오파트라의 비극적인 사랑을 담았다. 조국을 배신하고 이집트 편에 선 안토니우스는 클레오파트라가 죽었다고 생각해 스스로 목숨을 끊는다. 전쟁에서 패해 로마군의 포로가 된 클레오파트라 또한 내세에서 안토니우스를 다시 만날 상상을 하며 자살한다.

나는 꿈꿔 왔다.

— 망자들이여, 일어나서 다른 방식으로 사시오!

— 망자들이여, 일어나서 내게 당신들의 죽음을 이야기해 주오.

종이에 이 간청을 적기가 무섭게 율리시스에게 비통히 토로하는 아가멤논의 목소리가 들려온다:

> 내가 죽어 누워 있을 때, 손을 들어 보려고 했어, 개의 눈을 가진 여자가 내 눈을 감겨 주려 하지 않았고 나는 저승에 내려왔지.

내 꿈속에서 아가멤논은 영어로 그리스어를 구사했다:

> *As I lay dying* 손을 들어 보려고 했어, *the woman with the dog's eyes would not close my eyes as I descended into Hades.**

얼마나 쉽게 망각해 버리는지! 나는 가장 먼저 돌아온 혼령이 목메어 오열하는 소리를 잊었었고, 저승에 이르지 못한 채 반쪽짜리 죽음으로 고통받는 고인을 잊고 지냈다. 애디 번드런(임종을 앞둔 자, 『내가 죽어 누워 있을 때[As I Lay Dying]』의 영혼으로, 사후에 포크너가 그녀의 수상

* 호메로스, 『오디세이아』, 제11편.—원주

록을 기록했다.)보다 앞서, 비탄에 잠긴 햄릿 이전에 문학적 살해를 당한 첫 번째 왕이 있었다는 사실을 잊고 있었다. 그러니까 『오디세이아』(제11편)의 씨앗이 미국 남부의 천재에게서 움틀 것이었다. 농부 여왕 애디에게서 왕 중의 왕인 아가멤논이 싹튼다. 그리고 바로 거기에 잘못 죽은, 잘 못 죽은 자들의 운명이 있다. 그들은 끊임없는 죽어 감을 떠돌고, 그들의 목소리는 자신의 비애를 우리에게 빗겨 주며 망각의 강변에 서서 시적인 귀가 그 애원을 들어 주기를 기다린다. 나를 잊지 마시오. 내 죽음에 다른 죽음을 더하지 말고, 내 이름을 적고, 책에서 나를 지우지 마시오! 후대를 살아갈 자들이여, 상상 불가능한 것을 상상하고, 내 이야기를 쓰시오, 내가 빼앗긴 숨결의 수호자이자 서사시인이 되어 주시오. 서명: 아가멤논, 햄릿 왕, 햄릿, 애디 번드런, J. 데리다.

애디의 원성을 못 들은 지, 애디에게는 단어로 들렸을 검은 거위의 울음을 완전히 잊은 지 40년이 됐다. 자, 이제 쓰디쓴 비명이 망각의 초록 장막을 찢고, 죽어 가는 나의 아버지의 유언을 가로막은 유리창을 깨뜨린다.

> *And then he died. He did not know he was dead. I would lie by him in the dark, hearing the dark land talking of God's love and His beauty and His sin; hearing the dark voicelessness in which the words are the deeds, and the other words that are not deeds, that*

are just the gaps in people's lacks, coming down like the cries of the geese out of the wild darkness in the old terrible nights, fumbling at the deeds like orphans to whom are pointed out in a crowd two faces and told, That is your father, your mother.

그리고 그가 죽었다. 그는 자신이 죽었다는 걸 몰랐다. 나는 어둠 속에서 그의 곁에 누워 캄캄한 땅이 신의 사랑과 신의 아름다움과 신의 죄에 관해 말하는 걸 들었다. 소리 없는 암흑이 들려왔고, 그 안에서 말은 행위였으며 행위가 아닌 다른 말들은 그저 사람들의 결핍에 있는 공백으로, 혹독했던 옛날 밤 거친 어둠에서 거위 울음처럼 쏟아져 내렸고 그건 마치 누군가 군중 속에 있는 두 얼굴을 가리키며 저게 너희 아버지이고, 저게 너희 어머니야라고 말하는 걸 들은 고아처럼 행위를 더듬더듬 모색하면서 쏟아져 내렸다.*

우리는 죽어 가면서 우리의 삶을 산다.

우리는 간혹 죽음 한참 이전에 이미-죽는다. 때로는 죽기를 그치지 않기도 한다. 사람은 하나 이상의 죽음으로 죽는다. 가끔 엘페노르처럼 죽음에 이르지도 못한 채,

* 윌리엄 포크너, 『내가 죽어 누워 있을 때(As I Lay Dying; Tandis que j'agonise)』, M. E. 코앵드로(Coindreau) 옮김, 갈리마르, 1934, 162쪽.—원주

삶을 잃어버려서 참혹한 고통을 겪기도 한다.* 사람은 죽는다.

사람은 삶 없이 살아간다. 그게 삶이다.

화가 난 아들이 말한다 — 엄마 내가 엄마를 살인자!라는-단어로 죽이고 말겠어.

여왕이 말한다 — 자, 자!(*Come, come!*) 해 봐! 해 봐!

불행한 존재, 그녀의 아들이 말한다 — 뭐라고요?

거트루드 왕비가 말한다 — 됐다, 됐어(*Go, go*). 그만! 그만!**

— 어머니, 가지 말아요! 아버지, 돌아와요!

이 얼마나 불가사의한 일인가! 부활의 힘을 가진 단어들의 연쇄가 있다. 단어들, 어쩌면 이름들, 그들의 여린 손가락이 우리 영혼의 눈꺼풀과 닫힌 입술에 와 닿으면, 우리는 단숨에 깨어나서 제때 수화기를 집어 들고, 그러면 반대편에서 버림받았다고 생각한 나의 아버지, 나의 어머니, 내 사랑(my beloved)의 소멸이 연기(延期)된다.

— 명단 명단 오 명단!(*List list o list!*) 여보세요! 나

* 엘페노르는 율리시스의 부하로 트로이 전쟁 이후 이타카로 돌아가는 길에 어이없이 죽음을 맞이한 젊은 청년이다. 1년간 키르케의 섬에서 머문 후 귀향길에 오르기 전날 밤, 술에 취해 지붕에서 잠이 든 엘페노르는 다음 날 아침에 일어나 본인이 지붕에 있다는 사실을 까맣게 잊고 발을 헛디뎌 죽고 만다. 엘페노르의 죽음은 호메로스의 『오디세이아』 제10편에 그려지며, 이후 율리시스는 지하 세계의 입구에서 여러 영혼과 재회하는 와중에 엘페노르의 영혼을 만난다(제11편). 자신의 시신을 화장시켜 바닷가에 묻어 달라는 그의 요청에 따라 율리시스는 장례를 치러 준다(제12편).

** 거트루드 왕비는 햄릿 왕자의 어머니이다.

야! 내 말 들려? 나는 네 아버지의 영혼이야. 나는 네 어머니의 떠도는 목소리야. 얼른, 적어! 네게 말해 줄 게 59개 있어.

— 59개?

59

59, 행, 절, 챕터. 59는『내가 죽어 누워 있을 때』의 목소리들의 챕터 수이다. 데리다의『할례 고백(Circonfession)』은 59주기로 발산된다. 어머니가 죽어 가는 동안. 59행에 세상의 모든 참화를 그 유령(*the Ghost*)이 햄릿의 귀에 쏟아붓는다. 곧바로 헤어지자(*Brief let me be*). 잘 있거라, 잘 있거라, 햄릿(*Adieu, adieu, Hamlet*). 날 기억하거라(*Remember me*).(「햄릿」, 제1막 제5장)

59? 언젠가 59쪽짜리 책을 쓸 것이다 그리고 59번째 쪽에 써야지 ……………………………………………………………

59가 문학의 비밀 숫자일까? 이 59라는 숫자에는 묵시록적인 암호가 지닌 매력이 있다. 호메로스에서 조이스, 어쩌면 만델스탐에 이르기까지, 단테에서 베케트까지, 시인들이 이 단어를 전해 받은 것일까? 이 반복은 암호일까 아니면 경이로운 우연의 일치일까?

문학이 나를 사로잡는 것이, 수 세기와 여러 언어를 거쳐 반복적으로 되돌아오는 심장박동 소리라는 생각이 든다, 죽음이 사라지지 않는다는 것, 우리가 죽고, 경탄은 살아남겠지, 그리고 이 멜로디, 이 리듬, 59개 단어로 만든 이 문장이 우리의 짧은 삶보다는 덜 허무하고, 무(無)보다는 더 강력한 무언가가 있음을 상기시킨다. 우리를 사로잡는 건, 우리의 두려움과 고통을 담은 이 리듬, 자기 죽음을 글로 쓰고 그리라 명하는 망자의 고집이 언제나 완전히 동일하다는 사실이니, 바로 이게 살아 있음을 들려주는 생의 박동이고, 이 맥박은 한 작품에서 다른 작품으로 이행하는 도중에 전수되고, 반복되면서 결코 영영 죽지 않는다.

모든 게 산산이 조각났다. 절망하긴 이르다. 내 사랑, 난 당신이 죽은 줄 알았어, 당신은 그저 다른 삶으로 넘어간 거였는데

Death be not proud

When one man dies, one chapter
is not torn out of the book, but
translated into a better language.

죽음이여, 자부할 것 없네

한 사람이 죽으면, 한 챕터가
책에서 찢겨 나가는 게 아니라,

다른 언어로 더 잘 번역되는 거라네.*

내가 사랑하는 모든 이들, 내가 좋아하는 글을 쓰는 모든 이가 이러한 사실을 경험했다. 누군가가 죽는다. 삶을 잃는다. 그리고 되찾는다. 이 어찌 기쁜 일이 아닌가, 얼마나 큰 환희인가! 이게 몽테뉴, 루소, 도스토옙스키, 블랑쇼가 겪은 일이다. 이들 모두 특사를 받은 자이니.

59가 무엇을 의미하는지 스탕달, 멜빌, 첼란에게 꼭 물어봐야겠다고 생각했다. 이 항구적인 숫자는 항상 같은 곳에 항상 처음으로 되돌아오면서, 마치 열세 번째라는 숫자가 네르발을 사로잡았듯이 우리를 사로잡는다.**

기다리는 와중에 수학자인 내 아들에게 묻는다—59가 뭘까?

아들이 즉시 답한다—59요? 그런데 그건….

시간이 충분했더라면 59가 어찌하여 하나가 부족한 것인지, 60에서 1이 부족한 것인지 그리고 이 숫자들의 숙명적인 차이 속에 감춰진 게 무엇인지 여러분에게 더 이야기할 수 있었을 텐데.

* 존 던, 『명상 17(Meditation XVII)』.—원주

** 제라르 드 네르발의 시 「아르테미스」를 암시한다. "열세 번째(la Treizième)가 되돌아온다… 그건 또 첫 번째다 / 그리고 그건 언제나 유일하거나 유일한 순간이다"라고 시작하는 이 시에는 '첫 번째', '마지막'이라는 단어가 반복적으로 등장하는데, 열세 번째는 12를 주기로 순환하는 시간 개념에서 마지막에서 첫 번째로 이행하는 위치에 있다. 이 숫자는 과거와 현재가 교차하는 시점으로서 주로 시간의 순환과 연관해 읽히곤 한다.

그런데 지금은 그럴 시간이 없다. 법에 따르면, 이 사색은 60분을 넘겨서는 안 되기에.*

* 콜로키엄의 시간제한을 염두에 둔 발언으로 읽을 수 있다.

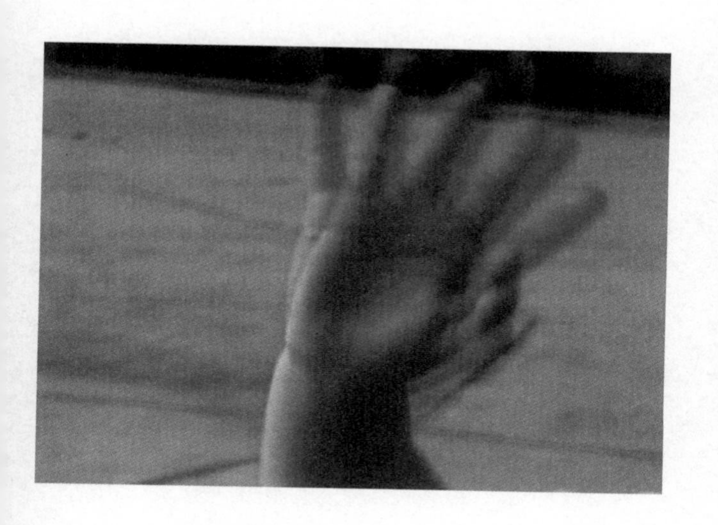

아델 압데세메드, 「안녕(Tschüss)」(2004)
영상(Projection vidéo), 1초(루프)(1 sec [en boucle]), 컬러(couleur), 소리(son)

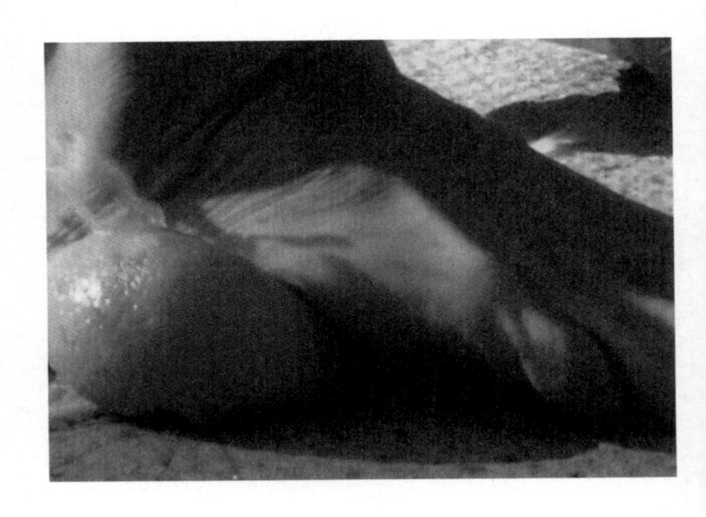

아델 압데세메드, 「압착기, 실행해(Pressoir, fais-le)」(2002)
영상, 3초(루프), 컬러, 소리

아델 압데세메드, 「화재 장소(Fire space)」(2004)
채색된 공항 짐수레(Chariot d'aéroport peint), 검게 탄 목재(bois calciné),
가변 크기(Dimensions variables)

“살인이 일어난 방을 환기하기”

여기 내 꿈이 있다. 프루스트가 말한다. 내가 말한다.

우리도 프루스트와 마찬가지로 그리고 그 이전에 소포클레스나 밀턴이 했듯이, 살인이 일어난 방을 환기(換氣)하고 싶다.

살인에 적합한 방이 하나 있다. 제1막의 첫 장면에는 반드시 방 하나와 살인 사건 하나가 있었을 것이다. 살인에 적합한 방 하나. 유령이 나오는 방. 숨 막히는 방. 겹겹이 커튼이 쳐 있고, 빽빽하게 들어찬 옷장에는 분홍 새틴으로 안감을 댄 검정 벨벳 외투가 빼곡하고, 팔걸이가 있는 등이 휜 안락의자가 즐비한 곳. 그곳에서 문학이 움튼다.

침대 주위를 맴돌든, 송장 주위를 맴돌든, 조시마 장로의 악취 나는 시체를 맴돌든,* 리지아의 사체를 맴돌든,** 죽은 내 아들의 침대로 몸을 숙이든, 보들레르가 헤어 나오지 못한 연인들의 침대로 몸을 숙이든, 내가 스티븐 더덜러스의 죽은 어머니를 생각하든,*** 『죽음의 선

* 표도르 도스토옙스키의 『카라마조프가의 형제들』 참조. 조시마 장로는 주인공 알료샤의 정신적 아버지이다.

** 에드거 앨런 포의 「리지아」 참조.

*** 제임스 조이스의 『율리시스』 참조. 더덜러스는 『율리시스』와 『젊은 예술가의 초상』에 등장하는 허구적 인물로, 조이스의 분신으로 해석된다.

고』의 죽어 가는 여인을, 죽은 여자를 생각하든,* 고리오 영감의 초라한 방 안의 사랑에 관해 생각하든, 언제나 장면의 핵심은 동일한데, 그건 바로 햄릿의 길고 긴 독백처럼 소크라테스가 자신의 죽음을 살았던 그 방이다. 문학은 사유의 뒤편, 저 너머에서 그 장면을 무대에 올리고, 상연하는데, 우리는 초록 퍼케일 천으로 절반을 봉한 깨진 유리창을 지나 그곳에 이른다.

자, 여기, 살인이 일어난 방이다. 이 방은 항상 가족이 식사하는 곳 위층에 자리한다. 동일한 정념, 동일한 생각이 이 방을 가득 메운다, 동일한 광기가. 한 사람이 말한다. — 당신들이 나를 죽였어. 당신들을 죽여 버릴 거야! 아들 상퇴유가 소리친다.** "당신들 둘 다 머저리야!"

분노가 입장한다! 분노가 거침없이 끔찍한 진실을 속삭인다, 일상에서는 감시받고 처벌받는 이 분노가 문학 세계에서는 군주다. 분노가 외친다, 휴우! 여기서는 드디어 내 용암을 분출하고 욕을 퍼부을 수 있겠군. 내가 말하고. 내가 감행해. 내가 문학의 격노한 수장이다. 내가 공격하고. 내가 일리아드를 통솔해. 전부 때려 부수고. 사랑받지. 독자를 비롯해 모든 이가 내게 기꺼이 감사를 표해. 난 그들의 죽음 충동을 구현하지. 친부, 친모, 국왕, 영

* 모리스 블랑쇼의 『죽음의 선고』 참조.

** 마르셀 프루스트의 『장 상퇴유』 참조.

아 살해, 그게 내 작품이고 내 임무야. 나는 꿈의 울타리로 쇄도하는 살육과 공포를 재현하기 위해 거기 있지. 내가 당신으로 하여금 당신의 참수를 향유할 수 있게 해 주지. 성경 속 야훼의 성난 영(靈), 욥에게 저주를 속삭이고, 모세에게 악념을 속삭인 자가 바로 나야. 문학 살롱이 한창일 때 장 상퇴유가 그의 부모에게 "당신들 둘 다 머저리야!"라고 소리 지른 게 어찌나 감미로웠던지. 스탕달이 살벌한 증오로 도취했을 때, 그게 바로 나다. 셰뤼뱅, 세라피, 이놈들을 죽여라!* 내가 바로 셰익스피어가 노래한 온갖 망상이다. 카프카가 아들로서 간절히 원할 때마다 그를 단죄하는 냉혹하고 잔인한 법이 바로 나다. 내가 도스토옙스키의 격정이다. 돈키호테의 일백 스무 번의 광기, 그건 정말 나다.

문학이 격노하고, 단칼에 우리에게 몰아치며 데리다가 말한 환대(*hospitalité*)를 선사한다. 문학이 문제를 일으킨다. 프로블레마(*Problêma*).** 방패. 문학이 보호하고 공격한다. 분노가 인정되고, 폴리페모스***가 절규하고 율

* 셰뤼뱅(Chérubin)과 세라피(Séraphie)는 각각 스탕달의 아버지와 이모의 이름이다. 어린 시절 어머니를 잃은 스탕달은 아버지와 이모 슬하에서 자랐고, 그들을 증오했다.

** 프랑스어로 '문제'를 뜻하는 단어 'problème'은 라틴어 'problema'에서 유래했고, 이는 고대 그리스어 'problêma'에서 기원한다. '문제, 질문'이라는 뜻 외에도 '돌출부, 갑(岬)'을 의미하는 'problêma'는 '앞으로 던지다'라는 그리스어 동사 'proballein'에서 파생됐다. 본문에서는 문제를 앞으로 내던지는 문학을 표현하는 것으로 볼 수 있다.

*** 호메로스의 『오디세이아』에 등장하는 식인종 키클로페스의 추장으로 외눈박이 거인이다. 자신의 동굴에 들어온 율리시스의 부하들을 하나둘 잡아먹으며 위협하자, 율리시스는 불로 달군 나무 기둥으로 폴리페모스의 눈을 찌르고 동굴을 탈출한다.

리시스는 자신이 가한 상해를 보고 기꺼워하는 바로 여기 심적 영역에서 모든 것이 백경을 향한 가련한 에이해브*의 거센 증오다, 포효가 울려 퍼진다. 이곳에서 우리는 무참하다. 살인이 일어난 방에서 우리는 잔인하고, 상처 입은 동물이다, 난도질하고 싶은 욕구가 우리를 갈기갈기 찢는다. 이것을 부정한다 한들 소용없다. 시인들에게 둘러싸인 열아홉 살 소녀만이 폴리페모스 편이다. 소녀의 이름은 메리 셸리다. 『프랑켄슈타인』만큼 증오와 격분이 맹위를 떨친 책은 본 적이 없다. 아니야! 격분, 그건 완전 난데, 히스클리프가 투덜댄다.**

그렇다 문학은 분노를 노래하고, 자기를 낳아 준 숭고한 격노를 찬양한다.

분노는 언제까지나 똑같이 억제되고 똑같이 폭발한다, 그리스어로 울부짖든 러시아어로 울부짖든 항상 똑같은 비극이다. 죄와 벌, 이중의 고초가 벌어지는 게 폭풍의 언덕인지, 피쿼드호 선상인지, 상트페테르부르크의 빈민굴인지에 따라 바뀌는 것이라곤 오직 그 방의 장식뿐이다.

잔혹함이라는 인간의 고유한 추잡함에는 방 하나, 가구가 딸린 장면 하나가 필요하다. 잔혹함은 일어나기를 원한다. 보이기를 원한다. 극악을 저지르는 것을 스스로 보기를 원한다. 도스토옙스키는 공책에 다음과 같이 썼다.

* 허먼 멜빌의 『모비 딕』에 등장하는 노선장의 이름.

** 에밀리 브론테의 『폭풍의 언덕』에 등장하는 인물로, 자신의 사랑을 배신한 여인 캐서린과 자신을 학대했던 사람들에게 잔인하게 복수한다.

"상트페테르부르크에는 뭐든 다 있지만 아버지와 어머니는 없다." 그 이유는 그리스인들이 그랬듯 문학이 "존속살해범(parricide)"이기 때문인데, 그리스인들은 어머니 살해범을 지칭할 때도 이 말을 썼다.*

문학은 분노가 송가가 되고, 리듬이 되고, 문장이 된 것이다.

그건 우리가 우리 자신을 능가하는 힘을 수호하고, 고통을 즐기려는 데서 기인한다. 잃어버린 것을 지키고자 하는 데서. 떨어진 우리 입술에서 마른 키스의 씁쓸한 풀맛을 느끼려고 하는 데서. 어머니에게 죽음을 '주었던' 우리를 원망하는 데서.

내 어머니가 더 이상 말을 하지 않는다. 일주일 전 어머니가 두 마디를 했다. "너무 늙었어." 어머니가 중얼거렸다. 시 중 마지막 시를. 당연히 번역 불가능한 말을. 나는 지금 무덤 입구처럼 움푹 패인 어머니의 관자놀이에 입술을 갖다 대고, 이 초라하게 남은 식량으로 여전히 글을 쓴다.

* '존속살해(parricide)'라는 단어는 모친 살해와 부친 살해를 모두 지칭하지만, 엘렌 식수는 역사, 문화, 학문적으로 후자에 비해/의해 전자가 가려졌음을 꼬집는다. 이러한 생각은 픽션 『오스나브뤼크』에서도 엿볼 수 있는데, 이 소설에는 다음과 같은 구절이 있다. "사실상 모든 가정에는 모친 살해밖에 없지만, 모친을 더 살해하고자 그 누구도 존속살해를 모친 살해라 부르지 않는다."(엘렌 식수, 『오스나브뤼크(Osnabrück)』, 데 팜므[Des Femmes], 1999, 22쪽) 식수의 문제 제기는 정신분석학의 오이디푸스 콤플렉스를 염두에 둔 것으로 볼 수도 있다.

우리는 고독과 공동체 삶 사이의 경계-지역, '그렌츠란트(*Grenzland*)'로 물러났다(*dieses Grenzland Zwischen Einsamkeit und Gemeinschaft*, 카프카의 『일기』, 1921년 10월 25일). 바로 거기에서 내가 글을 쓴다. 나는 용암 아래 있다. 하지만 나는 추위에 떤다.

나는 이곳에 경계와 그 단어들에 관해, 언어의 경계 사이의 경계에 관해, 언어 주변에 모이는 번역 불가한 것들에 관해, 경계(*frontière*)라는 프랑스어 단어에 관해, 무(無)의 경계를 수호하는 단어에 관해 챕터를 하나 썼을 것이다

만약 시간이 있었더라면

2001년 9월이었다. 세계가 무너져 내렸다. 세상이 떠났다(*Die Welt war fort*).* 여러분은 그해 가을과 그 폐허를 기억할 것이다. 그 당시 데리다는 베냐민과 아도르노의 끝장난(fichu), 거대한 운명을 원용했다.** 그는 이미 자기가 끝장났다고, 문학의 꿈이라는 살결을 관통하는 화살처

* 20쪽 주 참조.

** 여기서 '끝장난다'라고 해석한 프랑스어 단어 'fichu'는 26–7쪽 주에서 언급했듯이 두 가지 의미를 지닌다. 데리다는 베냐민의 꿈에 등장하는 이 단어에서 어깨에 두르는 숄뿐 아니라 '끝장난'이라는 의미를 읽는다.

럼 끝장났다고, 망하고 망했다고 느꼈다. 철학보다 더 멀리 가기를 꿈꾸면서.* 그리고 이미 자신의 조종이 울리는 걸 들으면서. 끝났다! 끝났네! 땡! 끝났어! 아! 던! 아아!(Done ! Done ! Ding ! Done ! Ah ! Donne ! Ay !) 문학은 조종이 멈추기도 전에, 서둘러서, 오, 죽는 것의 두려움을 경험한다, 프루스트의 두려움과 카프카의 두려움을, 빨리, 던(Done) 이전에. 그보다 더 좋게는 죽음을 살라고 보내진다.

교실에서 선생님이 월계관을 받을 이를 호명했을 때 학생 아브라함이 묻는다, 나를 불렀나? 여기서 선생님은 우리가 일찍이 첼란을 통해 보았듯이 죽음을 의미한다. 아니면 다른 아브라함이었을까, 카프카가 자신만을 위해 구상한, 어떤 카프카 아브라함, 소상인, 문학의 대표자.

나를 위해 조종이 울리는가?

* 데리다의 『숄(Fichus)』을 인용한 또 다른 구절. 이 연설문에서 데리다는 '꿈'에 관한 견지를 두고 철학과 문학(을 비롯한 예술 분야와 정신분석학)을 비교한다. 명철한 사유를 지향하는 철학은 꿈보다는 깨어 있음을 중시하는 한편, 문학은 가장 불가능한 일도 쉬이 벌어지는 꿈의 가능성에 열려 있음을 강조한다. 데리다는 최악의 악몽(그것이 이미 역사에서도 여러 차례 자행되었고, 이 연설을 하기 11일 전, 9.11 테러에서도 일어났음을 지적하며)에서 깨어나는 순간, 의식이 부여할 수 있는 의미나 진실의 위험성을 지적하는 동시에, 때로는 문학이 철학보다 더 철학적이고, 비판적일 수 있음을 역설한다.

죽음의 편지가 발송됐다. 편지가 수취인을 찾아다닌다. 그리고 내 삶은 도피다, 그 편지 앞에서 어떤 이들은 너무 짧다고 하고, 또 어떤 이들은 너무 길다고 한다. 도피 중에 내겐 「선고(Das Urteil)」를 쓸 시간밖에 없었다. 매번 편지에 쫓겨, 법 앞에서 도망 다니는 동안 주소를 두고 다퉜다 — 나라고요? 그 동음이의적 이름에서 나는 나 자신을 알아볼 수 없었다, 다른 사람한테 줘! 그리고 나의 숙명적인 방황(destinerrance) 내내, 이렇게 부르는 이유는 내가 메시지에 혼란을 주는 것이지, 메시지가 헤매는 건 아니기 때문인데, 나는 종국에 가서 내가 부정했던 사실, 즉 조종의 울림이 향한 네가 바로 나임을 시인하는 것을 알고 있고 알고 싶지 않았고 몰랐고 알기가 두려웠다. 그래서 내가 예전에 저질렀던 생에 반하는 범죄, 세상에서 가장 아름다운 사랑의 편지를 버렸던 그 다리에서 내가 투신하리란 걸 말이다.* 고백하자면, 나는 사후(死後)의 예언자처럼 문학을 버리고 싶어 했었는데, 종국에 가서는 문학이 내 귀에 대고 속삭이는 것을 들었다. 너는 왜 전령을 보내서 내 단조로운 비명이 너를 향하는지 되묻느냐? 너는 내가 종을 울릴 때마다, 네 식으로 표현하자면 유일한 마지막 순간마다, 네게 가 닿고, 모든 조종이 너를 기념하고, 매 죽음을 네가 죽는다는 것을 잘 알고 있지 않느냐.

* 카프카의 단편소설 「선고」의 내용을 인용한 부분. 주인공 게오르크 벤더만이 자신의 약혼 소식을 아버지에게 전하자, 아버지는 이 약혼이 부모를 배신하는 것이라 비난하며 그에게 익사하라는 일종의 사형선고를 내린다. 게오르크는 집을 나와 강물에 투신한다.

끝에 가서는 네가 더 자주 쓰러진다는 사실을.

네 친구가 하나둘 저승으로 내려가고, 이곳보다 저곳에 네 자아들이 더 많다.

너는 방금 내 『명상 17』을 모사했구나. 내가 너를 위해 그 첫 번째 판(版)을 작성했었다. 일찍이 1624년부터 네 운명은 조종의 비명을 바벨의 언어 중 하나로 번역하는 것이라 정해졌지.

1948년 2월 12일 목요일 내 아버지, 삶의 황제였던 아버지의 죽음이 담긴 메시지를 전달해 온 첫 번째 전령은 내 남동생, 강아지 핍스(Fips)였다, 핍스가 짖었다: 죽었다! 죽었어! 아빠가 죽었다고!(*Dead! Dead! Daddy dead!*) 그리고 나는 그의 비명 59개를 프랑스어로 번역했다. 첫 번째 텍스트, 1948.*

1964년 12월 맨해튼에서였다, 내가 센트럴파크에서 죽은 직후, 첼란의 시를 읽은 직후였다, 세상에서 버려진 그날 밤, 나는 문학이 구술한 첫 번째 명령을 되는대로 휘갈겨 썼다. 내가 누구인지 더 이상 알 수 없었고, 신의 이름도 사라졌다. 다람쥐들은 반죽음 상태였다.** 입에 흙을

* 아버지의 죽음을 다룬 식수의 첫 장편소설 『안(Dedans)』(데 팜므, 1986 [1969]) 참조.

** 식수는 『무덤(Tombe)』(쇠유, 2008 [1973])에서 1964년 뉴욕 워싱턴 스퀘어에서 본 다람쥐에 대한 일화를 언급한다. 흙 속에 다람쥐가 파묻혀 있는 것을 본 식수는 다람쥐가 죽었다고 생각하고 그쪽으로 몸을 숙였는데, 그 순간 다람쥐가 껑충 뛰어올랐다. 식수는 삶과 죽음, 안과 밖의 모호한 경계에 있는 이 다람쥐를 하나의 기호로 이해하며, 이 존재를 본인의 가장 오랜 (경험 이전의) 기억 속에 있는 존재로 보고, 이로부터 삶과 죽음을 동일 선상에 두고 사유하기 시작한다.

가득 머금고 다람쥐들이 말했다 이젠 끝(*Nevermore*). 그건 어쩌면 갈까마귀다람쥐였을 것이다.* 어느 언어로 글을 썼었는지 나도 기억이 잘 안 난다. 아마 영어였던 것 같다. 그렇지만 첫 번째 독자이자 유일한 독자이며 마지막 독자인 데리다가 맨해튼의 이 넝마를 건네받았을 때, 그건 프랑스어로 얼룩져 있었다.** 어쩌면 저승의 삼도내를 건널 때 번역되었거나 바뀐 것일 수도 있다. 아니면 독일어였던가? 어찌 됐든 간에 아무도 이 글을 쓴 이가 정확히 누구인지 알 수 없다. 저자는 이른바 군단이고, 내가 그 무리였고, 그뿐이다.

—조종이 너를 위해 울린다는 것을 의심하지 마이 피조물. 이것을 너, 거기 너, 그래, 네가 만든 거란 걸 의심해.

'글을 쓰는' 즉시, '글을 쓴다고 생각하는' 즉시, 우리는 의구심에 휩싸이고, 길을 잃고, 우리 자신이 아니게 된다 *ourselves we do not owe*, 우리는 마치 자신의 행동에 항상

* 식수의 다람쥐와 포의 시 「갈까마귀」를 결합한 표현. 연인 레노어를 잃고 실의에 빠진 화자에게 어느 날 밤 갈까마귀가 찾아온다. 아테나 여신의 흉상에 올라앉은 까마귀에게 여러 차례 질문을 던지지만 까마귀는 "Nevermore"라 답할 뿐이다.

** 데리다는 식수의 첫 번째 단편집 『신의 이름(Le Prénom de Dieu)』의 최초의 독자로, 식수의 문학에 관해 '미확인 문학 물체(olni. Objet littéraire non identifié)'라고 명명한 바 있다. 1960년대 시작된 두 사람의 우정은 데리다가 2004년 숨을 거둘 때까지 계속된다. 두 사람 모두 알제리계 유대인 출신으로 비시정부 때 프랑스 국적을 박탈당하는 등 유사한 성장 배경을 가지고 있다.

무고한 죄인과 같다. 우리는 기상천외한 고백과 눈물 자국, 핏자국으로 얼룩진 종이 바다 앞에 기진맥진 주저앉아 잃어버린 정신을 다시 부여잡고, 이 카오스를, 이 살육을 흘끗 (앙리 반 블라랑베르그처럼 우리도 눈이 하나밖에 안 남았다)* 바라보고 — 만족해한다. 이걸 내가 저질렀다고? 아니야! 그리고 우리는 공포와 경외로 휩싸여 펄쩍 뛴다. 내가 아니라, 또 다른 나, 정신병자, 악몽, 우리가-모르는 밤으로 우리를 질주하게 만드는 무시무시한 암말이 내 마음속, 잠든 집에서 미쳐 발광했고, 이토록 거친 광태를, 이렇게 적나라하게, 지각없이, 뻔뻔하게 저질렀다. 내 안에 어머니가 소리친다! 앙리, 앙리! 무슨 짓을 한 거야! (그리고 잠에서 깨어난, 죄를 지은 시인들의 이름은 모두 앙리나 샤를, 아니면 에드거이다, 마찬가지로, 그게 나고, 그게 엘렌이고, 그게 너다, *it is thee*)

* 프루스트는 「어느 존속살해범의 편지(Sentiments filiaux d'un parricide)」에서 앙리 반 블라랑베르그의 모친 살해와 죽음에 관해 이야기한다. 어느 날 가족끼리 친분이 있던 블라랑베르그 부친의 부고 소식을 접하고, 프루스트는 그에게 자신의 돌아가신 부모님이 썼을 수도 있을 편지를 보낸다. 몇 차례 서신이 오간 후, 답장을 써야겠다고 생각하던 날 아침, 프루스트는 신문에서 블라랑베르그의 자살 소식을 접한다. 정황인즉슨, 앙리 반 블라랑베르그가 어머니를 살해한 후 스스로 목숨을 끊었다는 것이다. 신문에 묘사된 바로는 블라랑베르그는 단도로 자신을 찌른 것 외에도 본인의 얼굴을 총으로 쐈는데, 그의 왼쪽 눈이 귀에 걸려 있었다고 한다. 자신의 텍스트에 블라랑베르그의 편지를 옮겨 적은 프루스트는 이 인물의 섬세함과 감수성을 강조하며, 그의 정신착란과 죽음을 아이아스와 오이디푸스에 빗대어 신화적으로 해석한다. 그 이유에 관해서 프루스트는 다음과 같이 설명한다. "나는 살인이 벌어진 방을 창공에서 불어오는 바람으로 환기하고 싶었고, (…) 이 가엾은 존속살해범이 야만적인 흉악범이 아니라 인성을 넘어선 존재, 다감하고 효성스러운 아들임을, 그러나 (대개 사람들이 병적이라고 칭하는) 불가피한 운명이 (인간 중 가장 불행한 이를) 영예로이 남을 만한 범죄와 속죄로 내던졌음을 이야기하고 싶었다."

네가 네 어머니를 죽였어, 넌 꿈을 꿨지. 그건 마찬가지야, 불운한 아이아스, 너는 다른 현실에서 발이 하얀 숫양 무리를 죽였지,* 율리아노, 당신은 큰사슴과 당신 아버지를 죽였고,** 아우구스티누스 당신은 모니카를 죽였고,*** 그건 전부 마찬가지이고, 최악이지, 앙리, 앙리, 넌 고약한 셰뤼뱅과 잔인한 세라피를 죽였어.****

앙리(Henri)라고? 그 이름하고는! 그래! 충분히 웃을 만하지, 안 그래?***** 오! 이름 속에 있는 것! 아니다, 스티븐

* 아이아스는 그리스신화에 등장하는 인물로 트로이전쟁의 영웅 중 한 명이다. 살라미스의 왕 텔라몬의 아들로, 로크리스의 왕 아이아스(소[小]아이아스)와 구별하기 위해 대(大)아이아스로도 불린다. 호메로스는 『일리아드』에서 아이아스를 아킬레우스에 버금가는 명장으로 묘사한다. 그리스 연합군으로 전쟁에 참여한 아이아스는 트로이의 장수 헥토르와 벌인 결투에서 패하지 않을뿐더러(결투는 승패를 가리지 못하고 끝난다), 율리시스와 함께 아킬레우스의 시신을 지켜 냈다. 이후 아킬레우스의 갑옷 상속 문제를 두고 율리시스와 설전이 벌어진다. 전쟁의 공로가 더 큰 자가 갑옷을 차지하기로 하는데, 중재를 맡은 아가멤논이 율리시스의 손을 들어 준다. 그날 밤 아이아스는 분노를 참지 못하고 아군의 장수들을 모두 죽이려 하지만, 이를 눈치챈 아테나 여신은 아이아스의 눈을 광기로 멀게 한다. 아이아스는 자기가 그리스군을 학살한다고 믿었지만, 그가 살육한 건 양 떼였다. 이윽고 정신을 차린 아이아스는 수치심을 이기지 못하고 자결한다. 소포클레스는 비극 『아이아스』에서 그의 광기와 죽음에 관해 노래한다.

** 중세부터 내려오는 전설에 따르면 성 율리아노는 귀족 출신으로, 어느 날 사슴 한 마리를 뒤쫓던 중 사슴이 갑자기 돌아서서 하는 말을 듣는다. "네가 나를 사냥하면, 네가 네 부모를 살해하고 말 텐데?" 비극을 미연에 방지하고자 율리아노는 그 즉시 멀리 떠나 새로운 왕국에 정착한다. 정황을 몰랐던 율리아노의 부모는 아들을 찾아 수소문하던 중 마침내 그가 있는 곳에 도착하지만, 오해로 인해 아들의 손에 죽임을 당하고 만다.

*** 성 아우구스티누스와 그의 어머니 성녀 모니카를 가리킨다. 성 아우구스티누스는 『고백록』 제9권에서 어머니의 임종을 다루었는데, 실제로 어머니를 살해한 적은 없다.

**** 스탕달의 자서전 『앙리 브륄라르의 생애(Vie de Henri Brulard)』에 관한 언급. 43쪽 주 참조.

***** 프랑스어 이름 앙리(Henri)에서 '웃다'를 의미하는 프랑스어 동사 'rire'의 변화형 'rit'를 읽을 수 있다. 스탕달의 본명은 마리앙리 베일(Marie-Henri Beyle)로,

디덜러스만 이 말을 한 게 아니다, 그에 앞서 줄리엣 캐풀렛이 말했다.* 캐풀렛, 그 이름이라니! 몬터규는 또 어떻고! 시(詩)에 버금가는 이름 하나가 얼마나 큰 피해를 줄 수 있는지! 이름 석 자에 숨겨진 것으로 이름이 할 수 있는 것, 바로 문학의 이런 면이 비극이 한창인 순간 우리를 포복절도하게 만드는 것이다.

2년, 10년, 5시, 불빛도 죽음도 없는 내 왕국을 떠나자마자, 현실의 낮 까마귀들이 암흑세계의 조종을 울리고, 나를 침대라는 배에서 끌어내리고, 입술도 없는 심연의 구렁텅이로 이젠 끝(*Nevermore*) 세 음절을 반복하면서 내던지자마자 — 왜냐하면 죽음이 우리 귀를 계속해서 물어뜯기 때문이다, 죽음의 허기를 달랠 길은 없다 —, 문학이 이내 답한다. 문학은 종말을 무시하고, 나의 어머니 에브가 일백 둘의 나이로 자기 가방 안으로 도피하듯이 도주한다. 그 일은 다음과 같이 벌어진다: 자! 자크 데리다의 마지막 휴대전화가 고장 났을 때,

수많은 필명 중 자서전에서는 '앙리'라는 이름을 사용한다. 장이브 카사노바(Jean-Yves Casanova)는 『앙리 브륄라르의 생애』의 인물을 분석하는 과정에서 아버지의 성 '베일'은 완전히 사라졌지만 어머니의 이름(앙리에트)은 계승됨을 시사한다. 그는 앙리에트를 계승하는 '앙리'쪽 인물(할아버지, 폴린, 엘리자베스, 로맹)과 자신의 지성과 감수성을 파괴하는('broyer') 인물(셰뤼뱅, 세라피, 제나이드, 라이얀 주교)을 분류한다.

* 로미오와 줄리엣의 불가능한 사랑은 캐풀렛과 몬터규라는 원수의 이름[姓]을 가졌다는 것에 있다. 「로미오와 줄리엣」 제2막 2장에서 줄리엣이 묻는다. "아, 로미오, 로미오! 당신은 왜 로미오인가요. 아버지를 버리고 당신의 성을 거부하세요."

J.D.의 말: 망자들과 통화할 다른 방법을 찾을 거야

에브의 말이 그녀의 마지막 배가 정박해 있는 강둑에서 나를 부른다: — 엘렌! 이제 무엇을 하지? 내가 말했다 — 에브, 우리는 잠을 자고 꿈을 꿀 거야. 에브 삶 꿈(Ève ève rêve)*

문학:

— 1월 13일**부터 몇 달째 삶과 죽음의 경계 이 지역 — 황야 — 경계, 귀로가 보장되기만 한다면 그토록 가보고 싶었던 그 나라에서 지내고 있다, 때로는 너무 길게, 아니면 짧게만 머물도록 선고받은 그 우리에서. 시간이 멈춰 있는 동안 우리는 삶과 죽음 사이의 이국에서 머무를 수 있다. 나는 그 체류 도중 책을 읽는다.

문학이란 죽음에 항거하는(antimort) 전화기이고, 고아가 된 우리, 오르페우스들과, 보이지는 않지만 "우리가 비는 소원에 따라" 현재하는 우리의 소중한 존재들을 연결해 주는 마법이다. 부활의 기적을 행하기 위해 우리가 할 거라

* 히브리어 '하와'에서 파생된 '에브'는 어원상 '삶, 삶을 주다'라는 뜻이 있다. 앞서 본문에서 언급한 문학 속 이름이 지닌 의미를 되짚는다면, 이 구문은 여러 방식으로 해석할 수 있다. 소문자로 쓴 '에브'와 마지막 단어 'rêve'(프랑스어로 '꿈'을 의미하는데, 발음상 '헤브'로 에브와 비슷하다.)를 동사형으로 읽는다면 '에브 살고, 꿈꾼다' 혹은 '에브 살고 꿈꿔'로 해석할 수 있고, 아니면 (본문의 선택대로) 모두 명사형으로 '에브 삶 꿈' 등으로 해석할 수도 있다. 이 책의 「옮긴이의 글」 참조.

** 1월 13일은 에브의 상태가 급격하게 안 좋아지기 시작하는, '경계-지역'에 들어간 날짜다. 「옮긴이의 글」 참조.

고는 마법의 직육면체에 손가락을 얹는 것뿐이니, 우리는 그 마법 같은 단어를 이렇게 부른다, 책(*Book*).

아주 가까이 아주 멀리서 들려오는 소리

> 그리고 우리는 마치 동화 속 주인공처럼 자기가 비는 소원에 따라 마녀가 불러내 보여 주는 할머니나 약혼녀를 바라본다, 그들은 아주 가까우면서도 아주 멀리서 (…) 믿을 수 없을 정도로 생생하게 책장을 넘기고, 눈물을 흘리고, 꽃을 따고 있다. 이러한 기적이 행해지기 위해 우리가 할 일은 오로지 입술을 마술 판자에 대고 우리에게 매일 목소리를 들려주는 주의 깊은 처녀들 (…), 암흑의 문을 공들여 지키는, 암흑 속 우리의 수호천사인 그들을 부르기만 하면 된다. 전능한 여인들, 그네들을 통해 부재한 사람들이 우리 곁에 갑자기 나타난다 (…) 영계(靈界)의 다나오스의 딸들이 끊임없이 소리 단지를 비우고, 채우고, 계승한다* (…) 항상 화가 나 있는 비의(秘儀)의 여자 사제들, 영계의 까다로운 무녀들, 전화기 속 아가씨들!**

* '다나이드'라고도 불리는 다나오스의 딸 50명을 지칭한다. 이들은 아버지의 쌍둥이 형제인 이집트 왕 아이깁토스의 아들 50명과 혼인하지만, 다나오스의 명령에 따라 결혼식 날 밤 휘페름네스트라를 제외하고 모두 남편을 살해한다. 그 죄로 49명의 다나이드는 평생토록 밑 빠진 독에 물을 채우는 형벌을 선고받는다.

** 마르셀 프루스트, 『잃어버린 시간을 찾아서: 게르망트 쪽』.—원주

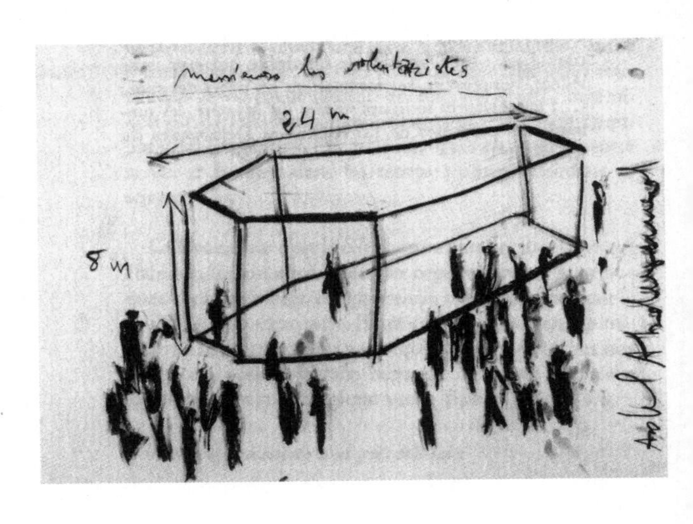

아델 압데세메드, 「의지주의자 여러분(Messieurs les volontaristes)」(2013)
종이에 흑석, 75 × 105 cm

아델 압데세메드, 「의지주의자 여러분」(2013)
종이에 흑석, 75 × 105 cm

우선 테올레폰(Théoléphone)*에게 호소한다

여보세요!

아야 아야!

아야이!

에!

누군가 내 비명을 앗아 갔다! 누가 내 비명을 빼앗았지? 내가 도로 가져와야지!

그런 다음 글을 쓴다. 우리는 글쓰기라는 극단의 침묵(ultrasilence)에서 현실에 울려 퍼지는 날카롭고 짧은 비명을 해석한다. 문학이라는 것은 오래도록 울부짖기 위해, 음악이 될 때까지 비명을 내지르기 위해 존재한다. 문학에의 권리 혹은 현실과 공동체 안에서는 금지된 비명을 지를 권리. 가정에서 우리는 들끓는 비명을 억누른다. 우

* 엘렌 식수가 만든 신조어. 신(神)의 의미를 가진 접두사 'théo-'와 전화를 의미하는 프랑스어 명사 'téléphone'을 결합한 낱말로, 전화에 신성을 부여한 단어다. 전화기는 식수의 작품에 자주 등장하는 모티브로, 멀리 떨어진 두 인물(설혹 그 둘 사이에 삶과 죽음의 경계가 놓여 있다 할지라도)을 이어 주는 매체로 쓰인다.

리는 재갈 물린 늑대이고, 우리는 부모님이 카드 게임을 하는 테이블에 앉아 있다, 아들아, 너는 왜 카드를 안 치니, 왜 놀이 친구(*Mitspieler*)가 되길 거부하는 거야?

부모님이 카드를 치고 있었고, 나는 부모님 곁에 홀로, 철저히 외부인으로 남아 있었다. 아버지는 나더러 같이 카드를 치라고, 아니면 적어도 게임을 관전해야 한다고 했다. 나는 아무 이유나 둘러대고 그 자리를 빠져나왔다. 어릴 적부터 이렇게 자주 반복되는 거부는 무엇을 의미할까? 이 제안이 내게 드러내 보인 건, 어떤 면에서 사회생활이라고 볼 수도 있는 공동생활이었다. 참여라는 방식으로 내게 요청한 노력을, 나는 어쩌면 곧잘, 적어도 나쁘지 않게 해냈을 수 있고, 심지어 카드 게임이 썩 지겹지 않았을 수도 있다 — 그렇지만 나는 거절했다.

Die Eltern spielten Karten; ich sass allein dabei, gänzlich fremd; der Vater sagte, ich solle mitspielen oder wenigstens zuschauen; ich redete mich irgendwie aus. Was bedeutete diese seit der Kinderzeit vielmals wiederholte Ablehnung? Das gemeinschaftliche, gewissermaßen das öffentliche Leben wurde mir durch die Einladung zugänglich gemarcht, die Leistung, die man als Beteiligung von mir verlangte, hätte ich nicht *gut, aber leidlich zustande gebracht, das Spielen hätte mich wahrscheinlich nicht einmal allzusehr gelangweilt — trotzdem lehnte ich ab.**

아들아, 너는 왜 가정을 위태롭게 하는 외부인처럼 앉아 있느냐?

> 클로디어스. 어째서 너는 여전히 구름에 덮였는가? (…)
> 거트루드. 착한 햄릿, 그 밤의 색깔은 몰아내고, 이리 와 함께 즐기자.
> 친구의 눈으로 덴마크 왕을 보렴.
> 계속 눈꺼풀을 내리깔고
> 먼지 속에서 네 고귀한 아버지를 찾으려 하지 마라
> 너는 알고 있지 않니, 원래 모든 생명이 죽고,
> 삶을 거쳐 영원으로 간다는 것을.
> 햄릿. 아아, 어머니, 흔한 일이지요.
> 거트루드. 그렇다면,
> 그게 네게는 왜 이리 특별한 것처럼 보이느냐?

> *CLAUDIUS — How is it that the clouds still hang on you? [...]*
> *GERTRUDE — Good Hamlet, cast thy nightly colour*

* 프란츠 카프카, 『일기』, 1921년 10월 25일.—원주

off, Come, play with us.
And let thine eye look like a friend on Denmark.
Do not for ever with thy veiled lids
Seek for thy noble father in the dust.
Thou know'st 'tis common — all that lives must die,
Passing through nature to eternity.
HAMLET — Ay, madam, it is common.
GERTRUDE — If it be,
*Why seems it so particular with thee?**

햄릿, 왜 우리와 함께 카드를 치지 않는 거니?

대답할 수 없다, 고통과 공포의 비명이라는 용암을 분출하고 말 것이다. 우리는 일기에 쓴다. 우리는 우리 자신의 책에게 읽어 준다.

반대를 무릅쓰고, 문학-세계로 들어가는 즉시, 나는 듣는다(새벽에 새들이 소리의 지평을 공유하듯이 — 불특정한 시간의 오케스트라를 들은 적 있나요? 그들은 각자 자기 차례에 울음을 전달하죠), 문학의 **두더지가 내는 비명**을 듣는다.

* 셰익스피어, 「햄릿」, 제1막 제 2장.—원주

나는 환상적인 텍스트라는 보물을 갖고 있는데, 매혹적인 앵무새처럼 내 손에 놓인 이 텍스트는 극히 작은 비극(nanotragédie)이다. 거기에는 프루스트의 전작(全作)을 아우르는 열쇠가 있다. 「어느 존속살해범의 편지(Sentiments filiaux d'un parricide)」. 1907년 『르 피가로』에 실린 이 짤막하고 끔찍한 텍스트는 신문 잡보 형식으로 소포클레스와 도스토옙스키의 전작을 요약한다.

(여기에 잡보[*Fait Divers*]의 미스터리를 더하자. 이 프랑스어 관용어에 대응하는 표현은 없다. 교활한 인물, 아침 식사 때면 토막 낸 몸뚱이를 카페 라테와 함께 꿀꺽 삼키면서 우리가 맛있게 즐기는 악취미. 비밀스러운 시간증 환자.)

나는 여기서 열쇠 뭉치를 집어 들고, 모든 텍스트의 문을 연다. 우리는 모두 살인을 저지르고 비명을 질렀으며, 우리 안에 있는 어떤 존속살해범에게서 부드럽고 뜨거운, 부모님을 향한 감정이 타오르는 것을 느꼈다.

무엇이 프루스트가 꿈에 그리던 책의 자양분이 되었을까? 비명, 비명, 비명. 프루스트는 통곡하는 모습에서 문학을 알아봤다. 그가 샤토브리앙을 좋아한 건 단조로운 개똥지빠귀 울음소리 때문이고. 세비녜 부인을 좋아한 건 니오베처럼 극성맞은 어머니의 편지 때문이었지.*

* 세비녜 부인(Sévigné, 1626–96)은 17세기 프랑스 서간문학의 대표적인 작가다. 딸 폴린(마담 드 그리냥)이 결혼해 프로방스로 떠나자 이별의 슬픔을 달래려 문학적 재질을

아이아스, 아이아스, 그의 탐욕스러운 측근 소포클레스가 그 이름이 곧 그의 운명이라고 말한 그자를 기억하나요,

> 아야이, 아이아스! 누가 상상이나 할 수 있었을까
> 내 이름이 나의 불행과 이처럼 상응한다는 것을?
> 이제 나는 내게 이중, 삼중으로 아이아스라고 절규
> 할 수 있어.*

아아!(*Alas!*) 아아!(Hélas!) 이 얼마나 가혹한 힘인가, 내 이름 안에 비밀리에, 아야이 아이아스! 불행을 담은 이름이 불행한 자에게 답하라 외친다.—내가 바로 불행이라 지명된 불행한 자다, 나는 숙명적으로 인간에게 주어진 부당한 운명의 예가 되었지.

소포클레스는 운명이 점지한 합당치 않은 혼란을 노래한다.

이건 마치 태어나는 순간 이미 조종이 울린 것과도 같다, 아이아스! 아이아스!

발휘해 딸에게 편지를 보내는데, 이 편지가 서간집의 대다수를 차지한다. 니오베는 그리스신화에 등장하는 테베의 왕비로, 자신의 아들 일곱 명과 딸 일곱 명을 레토에게 자랑하며 여신의 분노를 산다. 일남 일녀뿐인 레토는 아들 아폴론과 딸 아르테미스를 시켜 니오베의 자녀를 모두 죽인다. 니오베는 상심에 빠지고, 이내 바위로 변한다.

* 소포클레스, 「아이아스」, 『그리스비극: 아이스킬로스, 소포클레스(Tragiques grecs. Eshyle, Sophocle)』, J. 그로장(Grosjean) 옮김, 갈리마르, 1967.—원주

만약 텔라몬의 아들의 이름이 달랐더라면?* 만약 로미오의 성이 몬터규가 아니었더라면?

아이아스, 아아, 아이아스, 그게 우리다, 아니, 당신은 기억하지 못하는군요, 아아! 우리가 아이아스를 잊었다. 아이아스가 울부짖고, 피를 토하고, 수백 개의 행으로 늘어뜨린 보석을 토해 낸다, 필적할 데 없는 자신의 가치가 잊힌 것에 대해 스스로에게 한탄한다. 아킬레우스가 죽은 뒤, 그가 가장 위대하고, 가장 강하며, 영웅 중 으뜸이지만, 그에게 적대적인 용렬한 동료들이 언변과 지략에 능한 율리시스의 편에 서면서 그를 이인자로 취급하고, 욕보이고, 거세한다. 아이아스는 이제 영원히 위신을 잃고, 잊힐 것이다. 그리고 보라, 3천 년이 지나고, 우리 또한 그를 잊었고, 그를 깎아내린다. 아이아스가 자신의 고통스러운 이름을 울부짖는다. 에 에! 누가 아이아스를 기억하는가? 그 남자가 사라진다. 고통이 머문다. 누군가 그의 응어리를 기록한다. 그러고 나서 투사 삼손이,** 도스토옙스키가, 프루스트가 그의 비명을 모으고 되살린다. 비명이 편력한다. 그 배가 수많은 외국 항에 정박한다. 희망과 회한의 송가가 이내 울려 퍼진다. 당신들이 나를 죽였어. 삶이 이렇게 짧았을 줄이야. 잊지 마오. 두 달! 벌써 나를 잊었군요! 죽음은 민첩하다! 내가 고통받는 건 죽음을 죽기 때문만은 아니다.

* 텔라몬의 아들이 아이아스이다.

** 이 책 74–5쪽 참조.

그보다 망각으로 죽는 것이 나를 더 괴롭게 한다.

프루스트의 공책 59*에서 내게도 적용되는 지령을 하나 찾았다. "이중의 고통이 주는 리듬을 찾기."

바로 그거다, 자신의 애가를 쓰기. 고통 하나는 나에게, 고통 하나는 너에게. 나는 내 고통에 네 고통으로 아프다. 나는 나에게 너에게 아프다.

그리고 어느 날, 나는 어머니가 올 한 해 동안 누워서 생활한 의료용 침대, 우리가 사냥꾼 그라쿠스에게 빌려왔을 수 있는 그 배,** 규칙적으로 전자음을 내뱉는 그 침대맡에서 텔레파시로 지령을 받고 『아이아스』를 읽고 또 읽었다. 소포클레스의 대(大)아이아스. 나는 그때 거기서 이중의 고통을 발견하고 놀랐다.

> 합창단. 오 여인아, 이중의 고통은 큰 아픔이다
> 테크메사. 만약 선택할 수 있다면, 너는
> 동료들이 괴로워할 때, 네 편에서 즐기는 것과
> 아픔을 나누고 그들의 고통에 아파하는 것 중
> 무엇을 택할 것이냐?
> 합창단. 부인, 이중의 고통은
> 가장 큰 아픔일 테니.

* 1908년에서 1922년까지 프루스트는 공책 75권에 삶과 사유, 집필에 관해 메모했다.
** 카프카의 단편 「사냥꾼 그라쿠스」(1917)에서 그라쿠스는 산양을 쫓다가 실족해 목숨을 잃지만, 그를 저승으로 인도해 줄 배가 방향을 잃으면서 한없이 이승을 표랑한다.

이중의 고통에 관한 첫 번째 탄식이 기원전 440년에 기재되고 검토되었다는 생각에 흥분했다. 만약 내가 이중의 고통을 받게 된다면, 그것은 보존하는-글쓰기의 강렬한 힘에 의한 것이고, 전능한 문학, 우리의 어머니인 기억-망각에 의한 것이며, 비명의 노랫가락은 최상의 전화(architéléphonie)로 송출된다는 사실을 덧붙인다.

뭐라고! 2천 500년 전, 한 영혼에 상처를 입힌 생각이 여기, 바로 여기, 지각 가능한 방식으로, 내 서재, 내 종이, 내 작은 기억 속에 있다고? 그래. 아니. 아무튼 그래. 이 주변, 이 고통의 주변부에서 자크 데리다가 첫 번째 『정신분석의 정신 상태(États d'âme de la psychanalyse)』를 집필했다. 그 전에 그가 『아이아스』를 다시 읽은 건 아니었다. 하지만 뭔가 비밀스러운 텔레파시가 아이아스의 거친 숨결을 밤새도록 데리다에게 소리쳐 전달했다.

아이아스는 이제 이 세상에 없다. 더 이상. 2014년 현재, 자크 데리다는 더 이상 2000년도의 J.D.가 아니다.* 내 아들이 말하길, 엄마는 2000년도의 H.C.가 아니에요. 2014년 엄마 몸과 15년 전 엄마 몸 사이에 공통된 원자는 하나도 없어요. 그런데도 엄마인 채로 있는 엄마가 하나 있죠. 기억은 죽음보다 강해요. 엄마 안에 물리적으로

* 2000년은 데리다가 앞서 언급한 『정신분석의 정신 상태』를 출간한 해다. 이 글은 같은 해 정신분석학 총회(États Généreux de la Psychanalyse)에서 했던 연설문으로, 여기서 데리다는 프로이트가 밝혀낸 죽음 충동, 잔혹성, 근원적인 악의 무조건성을 넘어서는 것에 관해 질문한다. 데리다는 2004년 운명했다.

각인된 텍스트 하나가 호메로스 댁 내 소포클레스 귀하라 고 엄마에게 전보를 보냈죠. 기억은 그 기억을 담은 물질 보다 오래 살아남아요. 당신, 셰익스피어와 프로이트의 천재적인 원자, 음악, 당신은 필리아와 알레테이아의 가르릉 거리는 소리와 섞여 여기 있군요,* 당신은 현실적으로 사고할 수 없는 생체 조직으로 내 주위를 둘러싸네요….

* 필리아와 알레테이아는 엘렌 식수가 키우던 고양이 이름이다.

아델 압데세메드, 「토요일(Saturday)」(2008)
C프린트(C-print), 64 × 49 cm

아델 압데세메드, 「바다(The sea)」(2008)
영상, 10초(루프), 컬러, 소리

밤도 아니고 낮도 아닌
–440과 +2014 사이*

4시다. 내 곁에 있는 고양이들과 함께 이 종이에 손을 올리니, 몽테뉴의 탑, 사랑하는 내 어머니가 눈을 뜨고, 자신을 감쌌던 베일을 벗고, 사멸을 벗어던지고 벌거벗은 채 나아간다. 그리고, 그 시각, 나는 헬싱외르**에 휘몰아치는 차가운 바람 아래, 슬픔의 눈물이 아닌, 분노의 검은 눈물을 흘린다. 계단에서는 조금 전 내 남동생에게 건네받은 문학적인 꿈이 여전히 흉행한 고함을 지르고 있다. 나의 모든 자아들이 비상사태에 돌입하고, 군대를 이루고, 합창단을 포함해 칼날에 질겁한 양 떼와 소 떼에 이르기까지 『아이아스』의 모든 인물이 된다, 그리고 내 안에서 사랑 그 자체인 테크메사***가 타산적인 다정함과 분석가적인 끈기를 발휘해 광인에게 말한다, 그 다정함과 끈기는 남동생 안에 고함치는 죽음을 멈추고자 누나가 고안한 것이고, (35세의) 젊은 프루스트가 자신과 꼭 닮은,

* 「옮긴이의 글」 참조.

** 「햄릿」의 배경인 크론보르 성이 위치한 덴마크의 도시.

*** 테크메사는 프리지아 왕 테우트라스의 딸로 아이아스의 부인이다. 트로이전쟁 중 아이아스는 프리지아 왕국을 점령하고, 왕 테우트라스를 살해한 뒤 전쟁 포로로 잡아온 테크메사를 아내로 맞는다. 소포클레스의 비극에서 테크메사는 죽음을 결심한 아이아스에게 삶을 선택하기를 애원하고 설득한다.

자신의 동류(shemblable),* 모친을 살해한 불행한 오이디푸스, 앙리 반 블라랑베르그에게 아끼지 않았던 것이기도 하다. 소포클레스에서 셰익스피어에, 율리시스에서 맥베스에, 삼손에서 드미트리 카라마조프에, 루소에서 잉게보르크 바흐만에 이르기까지.

그녀는 우리의 자살과 우리의 애도를 보존하고, 우리의 암울한 힘과, 그녀를 제외하고 누구에게도 말할 수 없는 만행에 피난처를 제공한다. 문학이 우리에게 무죄를 선고한다. 문학은 사형에 맞서 결집한다. 그러므로 문학은 우리의 살인 행위를 담은 장면이고 심복이며, 우리의 망상에 대한 관대함이다. 우리가 저주하는 삶, 즉각 회신으로 증오에 찬 고함을 내지르게 한 그 삶을, 사실은 우리가 열렬히 사랑한다는 방증.

상실 안에 구원이 있고, 불행 중 행복이 있을지니, 시인들은 모두 이 준엄하고 가혹한 진실을 꽤 일찍 발견한다. 사상가 중 가장 호소력 짙은 이가 내게 속삭이길, 나의 무력함이 내 힘에 담긴 비밀이다. 나의 연약함과 결함이 내가

* 조이스의 레퍼런스. 『피네간의 경야』에서 숀(Shaune)은 자신의 쌍둥이 셈(Shem)에게 "O my shemblable! my freer!"이라고 말하는데, 'shemblable'은 셈의 이름과 프랑스어로 '동류'를 의미하는 'semblable'을 결합한 단어다. 조이스 연구자 클라이브 하트(Clive Hart)는 셈과 숀을 플라톤의 동일자와 타자 관념에서 접근하는데, 그에 따르면 'shemblable'이라는 조합은 개별적 정체성(Shem)을 이야기하는 동시에, 그 정체성을 타자와 동일시함으로써 개체성을 지우는 단어다.

가진 재능의 비밀이다. 서로 융합하고 전복하는 두 사고 간의 깊은 관계를 발견하는 그 재능, 글쓰기. 프루스트는 생각한다, 그건 내가 너무 아파서 머릿속이 하얘지고, 힘이 없을 때이고, 망자와 거의 구분되지 않을 때이며, 폐허 속에서 더 이상 놀지 않을 때인데, 나 자신이 폐인이기에, 나는 이러한 자아도 내 안에 종종 기거한다는 사실을 알고, 그를 알아보곤 하는데, 꽃이 지고 낙엽이 지는 가을이면 그 풍경과 자아 사이에 가장 강렬한 일치를 느낀다. 하지만 끝장났다고 말하는 순간, 그가 살짝 자리를 빠져나간다. 아! 우리의 동류 샤토브리앙, 그가 어찌나 프루스트의 심금을 울렸던지, 그 역시 끝이라는 말이 나오는 즉시 슬그머니 거기서 빠져나오는 이다.

삶이 없어도 살 수 있음을 안다는 것, 이 얼마나 끔찍한 일인가. 더 이상 원치 않을 때조차 삶을 갈구한다는 건 삶이 지닌 경이로운 공포

> 고통으로 곧바로 죽지 않는데, 그건, 자기 앞에서 살해된 어머니를 보고 그가 곧바로 죽지 않았기 때문이며, 어머니가 자기에게 톨스토이의 안드레이 공작 부인이 그랬듯 앙리, 너 내게 무슨 짓을 한 거야! 내게 무슨 짓을 한 거야!라고 외치는 걸 듣고도 죽지 않았기 때문이다!*

* 마르셀 프루스트, 「어느 존속살해범의 편지」.—원주

매번 똑같이 비통한 이변은, 고통으로 죽는 게 아니라는 사실이다. 나를 죽이는 너의 죽음이 내 안에 나보다 더 강한 나를 만든다. (어떤 마르셀 드 셰비네가 말하길) 네 방 전체가 나를 죽이지만, 난 여기에 꼭 붙어서 내게서 도망치는 너의 유령을 붙잡고, 껴안는다, 나는 여기서 불타고 싶고, 잔해만 남을 때까지 고통을 맛보고 싶어, 그녀가 그만 사라졌으면 해, 도망치고 싶어, 고통이 울부짖고 내 골수까지 물어뜯는다, 내가 소리친다, 그만! 아니야! 계속해! 그만!이라고 외친 건 내가 아니야, 그건 내 안에 겁먹은 조그만 나이고, "알베르틴 양이 운명했어요."라는 문장을 듣고 괴로운 나머지 자기 보존 본능에 의존한 그 마르셀이야. 아! 살려는 욕구, 그저 머무르고, 존재하려는 욕구에서 비롯된 이 본능, 트롤,* *imp*,** 이 동물이 바로 내가 화상 입은 자리에 곧바로 재빨리 연고를 바르려는 자이지. 그리고 구급 조치 때 쓰이는 붕대는 고통에 최면을 걸고 고통을 진정시키는, 매혹적인 문장과 노래로 수놓인 종이야. 그리고 삶처럼 고통을 살려 두지.

애가, 하소연은 시인이다. 태양이 침묵하는 곳에 지축을 뒤흔드는 암흑의 송가가 울려 퍼진다.

낯을 빼앗기고, 눈이 뽑히고, 빛을 박탈당한 이들의 목소리가 요동치는 이 야상곡보다 더 아름다운 선율이 있

* 북유럽신화에 등장하는 거인.

** 이 불완전한 어휘는 '성급한(impatient)'일 수도, '결점(imperfection)'일 수도, '불가능한(impossible)'일 수도 있을 것이다.

을까? 투사 삼손의 잔혹하고 아름다운 비명 (59행)*

O dark dark dark, amid the blaze of noon
Irrecoverably dard, total eclipse
Without all hope of day!
[...]
The sun to me is dark
And silent as the moon.

오 암흑 암흑 암흑, 눈부신 정오에
치유할 수 없는 암흑, 개기(皆旣)
아무런 낮의 희망도 없이!
(…)
내게는 검은 태양이
달의 침묵이다.**

아이아스. 아! 암흑, 나의 태양이여
내게 에레보스는 섬광으로 가득하니! 나를 데려가요,
나를 데려가요, 당신 집에 살고 싶어요.***

* 존 밀턴의 『투사 삼손』 59행은 다음과 같다. "How slight the gift was, hung it in my Hair(신이 주신 선물이 얼마나 초라한지 보여 주고자, 내 머리칼에 걸어 놓았다)."
** 존 밀턴, 『투사 삼손』.—원주
*** 소포클레스, 『아이아스』.—원주

호메로스가 맹인이었던 것은 마음속 어둠을 더 잘 보기 위함이었다. 매주 목요일과 토요일 북북서풍이 불어올 때 셰익스피어도 맹인이었고, 조이스는 녹내장이 있었다, 시인은 모두 맹인이다, 이는 영혼을 가장 깊숙이 들여다보기 위함인데, 만약 맹인이 아니라면, 츠베타예바가 말했듯이 시인은 "유대인"이다,* 공동의 낯에서 다른 방식으로 분리되고, 쫓겨난 시인들은 또 다른 자유를 창작하도록 선고받았다.

* "모든 세계 중 가장 그리스도교적인 이 세계에선 / 시인이—유대인이다!" 마리나 이바노브나 츠베타예바, 「끝의 시」, 『끝의 시』, 이종현 옮김, 읻다, 2020, 221쪽.

내가 네게 말했던 그(녀)(*El Que Te Dije*)*

내가 읽을 때

맹세컨대 어떻게, 언제, 심지어 어디서 처음으로 리지아를 만났는지 기억나지 않는다. 그 후 오랜 세월이 흘렀고, 큰 고통 때문에 내 기억력은 감퇴했다.

아니면, 지금 이런 것들이 기억나지 않는 것은 어쩌면 사실 내가 사랑하는 여인의 특성이, 즉 그녀의 비범한 학식과 아주 묘하고 평온한 특유의 아름다움이, 그리고 그 깊고 선율적인 언어가 빚어내는, 마음을 사로잡는 능변이, 내 마음속에, 내가 눈치 못 챌 정도로 아주 꾸준하고 은밀하게, 그 기반을 다졌기 때문일 수도 있다.

하지만 내 생각에 나는 라인강 주변에 광활하고 아주 오래된 황폐한 마을에서 그녀를 처음으로, 그리고 이어서 여러 번 만난 것 같다. 자신의 가족에 관해서는 그녀가 분명 내게 말해 주었다. 분명히 아주 오래된 날짜를 말했는데. — 리지아! 리지아!

(…)

그리고 지금, 글을 쓰는 와중에 나는 나의 친구

* 스페인어 'el'은 정관사 남성 단수형이지만, 발음상 프랑스어 여성형 인칭대명사 'elle'과 유사하다. 「옮긴이의 글」 참조.

> 이자 약혼자였고, 동료 연구자인 동시에, 끝내는 내 마음속 나의 아내였던 그녀의 성을 전혀 몰랐다는 사실이 불현듯 떠올랐다. 리지아의 익살스러운 명령의 결과였을까, 그녀의 성을 묻지 않은 건 내 애정의 힘을 방증하는 것일까? 아니면 내 환상인 건가? 가장 정열적인 제사상에 놓은 이상하고도 로맨틱한 봉헌물? 나는 어렴풋이 기억할 뿐이다. 그러니 내가 만일 그녀를 소생시킨 정황이나 이후에 생긴 일들을 완전히 잊었다 한들 그게 뭐 그리 놀랄 일인가?*

나는 문학이 시작되었음을 알 수 있었다. 글 쓰는 이가 누구인지는 이미 알 수 없었다. 파들파들 떨면서 글을 쓰고 있는 게 누구인지, 누가 누구 대신에 글을 쓰는 것인지. 내 안에 누가 누구에게 글을 쓰는가? 너니? 아니면 내 아버지? 아니면 내 아이들? 카프카 안에 있는 또 다른 카프카, 아니면 카프카 아버지일까? 루소 안에 있는 어린 장 자크가 자기 어머니에게 지독히 기껍게 비난을 퍼붓는다. 엄마가 죽은 뒤, 프루스트는 자기 부모님이 썼을 수 있는 편지를 대신 썼고, 데리다는 자신의 부모님이 절대 쓰지 않았을 편지를 썼으며, 몽테뉴 안에는 라 보에티가 끝을 나란히 맞춰 영혼을 꿰맨다.**

* 에드거 앨런 포, 「리지아」.—원주

** 에티엔 드 라 보에티(Étienne de La Boétie, 1530–63)는 프랑스 법률가이자 인문학자로, 철학자 미셸 드 몽테뉴(Michel de Montaigne, 1533–92)의 절친한 동료이자

내가 이 텍스트들을, 지시 대상이 나아가는 와중에 사라지는 이 유작 텍스트(textaments)*들을 읽을 때, 그것들을 알아볼 수 있는 듯했다. 마치 내가 읽고 있는 것을 읽고 싶으면서 읽고 싶지 않듯이. 마치 내가 말하는 것을 이야기하고 싶지 않으면서 이야기하고 싶어 하듯이, 그리고 그게 바로 문학이다, 불확실성이 거짓말하지(ment) 않고, 진위를 결정할 수 없는 것에 당위를 주는 장면.

누가 말하는가? 분개를 드러내는 날카로운 고음으로 자크 데리다의 목소리가 묻기를 "누가 살아 있음을 이야기하는가?"

답이 답한다: 내가-네게-말했던-그가. 내가 네게 말했던 그(녀)(*El que te dije*).

너가 묻는다 — 누구? — 너도 잘 알잖아! 너가-알고 있는-그 사람! — 아! 그 사람! 이렇게 잊는다니까! 자, 여기 그가 왔네! 유령! 여기 둬야지. 아니면 다른 데에 두거나.

훌리오 코르타사르의 『개론서(Libro de Manuel)』에서(나의 오랜 공모자, 훌리오 코르타사르가 쓴, 어떻게-일상을-문학적으로-만드나에 관한 개론서를 기억하시죠),

지기였으나 서른두 살의 젊은 나이에 병을 얻어 요절한다. 『수상록』에 기술된 진정한 우정에 관한 몽테뉴의 성찰은 라 보에티와의 깊은 우정을 토대로 한다.

* 프랑스어 '텍스트(texte)'와 '유언, 유작'을 의미하는 'testament'을 결합한 낱말이다. 이 단어에서 '거짓말하다(mentir)'의 동사 변화 형태 'ment'도 들린다는 점을 고려하면, '유작'인 동시에 '유작을 가칭하는 텍스트'라는 중의적인 의미로 해석할 수 있다.

엘(El), '그'는 내가 네게 말했던 그(*El que te dije*)라는 환칭 혹은 가명으로 불린다는 게 기억났다, 그리고 그는 항상 중심인물로, 중심이면서 **지워진** 인물로, 그 **산**증인으로 거기 있다.

절대적으로 필수적인 이 '**덧붙임**(Ajoutage)'은 우리가 그걸 새기는 와중에 잊어버리기 때문에 더 어려운데, 이유인즉슨 역할로 봤을 때 그-그녀는 지옥 같은 천국의 문지기이자 **문학**이라는 **법**의 수호자이고, 공간의 문턱이며, 책이라는 민족을 출판으로 인도하는 모세, 산꼭대기에서는 신과 대결하고 아래에서는 군중과 다투는 자, 위에서 받은 메시지를 서판(書板)에 옮겨 독자들에게 전달하는 자로서, 극단적인 성향이 짙은 부족이 이 마법 같은 서판을 판독 불가능한 엉터리 글로 취급하리라 예상하기 때문이다.

('덧붙임'이라는 단어에서) 여러분이 추측할 수 있듯이, 나는 이 시점에서 자신이 무엇을 하는지 모르는 존재, 내가 **도둑맞은 저자**(*l'Auteur Volé*)라고 부르는 엘(El), 그가 쓴 편지처럼 도둑맞은 그에 관해 이야기하려고 한다.*

* 에드거 앨런 포의 단편소설 「도둑맞은 편지」를 인용한 대목으로, 그 줄거리는 다음과 같다. 어느 날 왕비가 편지 한 통을 받는다. 그 편지는 왕이 보면 안 되는 편지인데, 때마침 왕이 들어오고 이 상황을 눈치챈 D 장관이 자신의 편지와 왕비의 편지를 바꿔치기한다. D 장관의 소행임을 눈치챈 탐정 뒤팽은 장관 몰래 자신의 편지와 바꿔치기한 후 도둑맞은 편지를 되찾는다. 라캉이 『에크리』에서 분석해 더 유명해진 이 소설의 서사 구조에서 주목할 것 중 하나는 편지의 소유 불가능성이다. 발신자도 내용도 밝혀지지 않는 편지가 전달되지만, 김석이 「라캉과 문학: 텍스트의 기능을 중심으로」(『수사학』 제8집, 한국수사학회, 2008)에서 짚고 있듯이, 그 누구도

그는 햄릿이 자기 책 속에서 읽듯 접힌 편지 사이로 자기가 읽는 편지 하나를 자기 자신에게 쓴다, 그는 죽어라 이해하려고 애쓴다, 왜, 어찌하여 본인이 본인이 아닌지, 왜 내가 원하고, 생각하고, 해야 하는 것과 항상 반대되는 걸 하는 것 같은지, 어찌하여 나는 내가 비난하는 편에 서 있고, 왜 나는 내가 아니고 그인지, 내가 내가 아니야, 나는 자멸해, 이걸 말하려고 했던 게 아닌데, 내가 죽이고 싶었던 건 저 사람이 아닌데, 내 자리에 있는 건 내가 아니라, 너야, 광인, 네가 나를 움직이고, 실행에 옮기고, 나라고 서명하지.

그러므로 노래하고 슬피 우는 내 안의 젊은 나를 찾아 떠나기 위해 글쓰기, 자기에게서 멀어지기, 멀어지는 동안 숲이 되고 사막이 되고, 다른 시대, 다른 책 속의 인물이 되고, 그 벽과 천장 사이로 자기 작품에 등장하는 인물들이나 사람들이나 창작자들이 거주하는 방이 되면서 느끼는 쾌감과 공포.

여기에 프루스트가 뮈세에게 보낸 러브레터를 덧붙이자, 이 경이로운 거울 페이지에서 마르셀은 자기를 바라보고 놀라는데, 1910년 1월 이날 거울에서 그가 본 건

이 편지를 항구적으로 소유하지는 못한다. 식수가 '저자' 혹은 '작가'라 하지 않고, '도둑맞은 저자'라고 환칭함으로써 얻을 수 있는 효과는, 중심인 동시에 계속해서 미끄러지고 사라지면서 (소유자를 확정할 수 없는) 저자의 존재 방식을 보여 주는 것이라 볼 수 있다. 프랑스어 'volé'는 동사 'voler'에서 파생된 형용사로, 'voler'에는 '훔치다, 도둑질하다(steal)'와 '날다, 비행하다(fly)'의 의미가 있다.

뮈세였다.* 지난번에 나는 세낭쿠르**였고, 다른 날에 우리는 안토니우스와 클레오파트라*** 둘 다였을 수 있다, 우리는 모두 떼어 놓을 수 없는 우리-둘-모두였을 것이고, 서로 끌어당기기 위해 서로를 떠미는 동일자들, 주네 스틸리타노****일 수 있다. 우리는 모두 오이디푸스이오카스테***** 같은 면이 있다

> 우리는 그의 삶과 그의 편지들에서 결정체의 윤곽만 겨우 알아볼 수 있는 맥석광물에서처럼 [작품의 윤곽을] 감지한다, 결정체는 광물의 '유일한 존재 이유' '이고', 사랑~~은 남은 것이다~~인데, 그것이 광물질로 있으면서 결정체를 향해 나아가고, 결정체로 머무를 한에서만 존재한다. 나는 ~~그의 서신에~~ '편지들'에서 마치 그의 작품의 무대 뒤편을 보는 듯이 기발한 착상이 담긴 조그만 주머니가 배회하고, 판타지오의 무대를 가로지를 가발이 '준비된 채' 낚싯바늘에 걸려 있는 걸 본다. 그는 사랑에 빠져 있었고, 사랑에 빠졌을 때 광기에 빠졌고, ~~그리고 광기에서~~ 신에게

* 알프레드 드 뮈세(Alfred de Musset, 1810–57)는 프랑스 낭만파 시인이자 극작가, 소설가이다.
** 에티엔 피베르 드 세낭쿠르(Étienne Pivert de Sénancour, 1770–1846)는 프랑스 낭만파의 선구자로, 네르발과 발자크를 비롯하여 프루스트에게 깊은 영감을 주었다.
*** 이 책 27쪽 주 참조.
**** 작가 장 주네와 그의 자전적인 소설 『도둑 일기』에 등장하는 인물 스틸리타노를 결합한 이름.
***** 이오카스테는 오이디푸스의 어머니이다.

자신의 들뜬 상태에 관해 이야기했다.*

우리는 폐허와 묘지에서 공연한다. 신(神)의 향기가 난다. 너 거기서 뭐하니, 뭐 했어, 넌 뭐가 되었을 거야? 아아 불쌍한 오이디푸스여(*Alas poor Œdipe*), 우리는 글을 쓸 때 우리도 모르는 사이에 범죄 작가(écriminel)**가 된다, 그런데 **오이디푸스**가 무슨 말이지? **오르페우스** 말하는 거야? 나도 알 수 없다. 우리는 아이아스를 말하려고 오셀로가 아니라 쥘리앵을 이야기하려고 오이디푸스라 말한다, 내가 말하려는 건 성 율리아노인데, 또 다른 쥘리앵,*** 쥘리앵 소렐이 들어온다, 마르셀, 일명 스완을 말하기 위해서,**** 스스로에게서 훔치고, 도둑맞고, 날아다니고, 눈멀게 하고, 그걸 되찾으려고 필사적으로 애쓰는 편지, 이건 사활이 걸린 문제인데, 그 편지를 쓴 그-그녀를 말하기 위해서 다른 이를 이야기한다. 살인이 있었다. 시체가 거기 있다. 죽음이 여기 있다. 죽은 여자가 거기 있다. 죽음이라는 인물이 거기 있다. 모렐라.***** 우리가 죽였다. 누구?

* 마르셀 프루스트, 『공책들』 중 「공책 1」.—원주

** 식수가 만든 복합어. 프랑스어로 '작가'를 의미하는 'écrivain'과 '범죄자'를 의미하는 'criminel'의 혼성.

*** 성 율리아노의 프랑스어식 표기는 쥘리앵(Julien)으로, 『적과 흑』의 주인공 쥘리앵 소렐과 이름이 같다.

**** 마르셀 프루스트의 『잃어버린 시간을 찾아서』 1권 '스완네 집 쪽으로'의 등장인물.

***** 원문은 "La mort est là. La morte est là. Mort est là. Morella". 식수는 명사 'mort'가 가진 여러 뜻을 활용하면서 발음의 유사성을 토대로 문장을 뒤틀고, '모렐라'라 하는 소설 속 인물을 끄집어낸다. 모렐라는 에드거 앨런 포의 단편소설 「모렐라」의 주인공 이름으로 사후에 부활한 인물인데, 식수의 문장 속에서도 '모렐라'라는 낱말은

누가 누구를 죽였지? 누가 나를 죽인 거야? 누가 내 손에 펜을 쥐여 줬지? 누가 나를 찌르고, 맹인으로 만든 거야? 나의 밤에 죽은 이가 누구지?

우리는 공허한 운명을 향해 인간이 던지는 첫 번째 질문들과 마지막 질문들에 집중된, 독침 같은 질문 세례를 받으며 앞으로 나아가고 글을 쓴다. 나 역시 내 어머니의 최후의 방에서 울려 퍼지는 그 질문들을 듣는다, 어머니가 여전히 눈을 뜨고, 103세라는 숲 사이로 햇살이 비출 때, 쉰 목소리로 묻는다: — 내가 누구지? — 여기가 어디야?

— 엘렌! 무슨 일이야?(*Was ist los ?*) 내게 뭘 한 거지? 너 내게 뭘 한 거야?

내 아가!

— 앙리! 내게 무슨 짓을 한 거야? 블라랑베르그 부인이 소리친다.

이건 경이(驚異)이고, 삶이 지닌 잔혹한 비밀이다. 삶이 우리에게 죽음을 주다니. 우리가 죽음을 주도록 하다니.

도둑맞은 작가가 신비와 공포를 노래하면서, 이 섬뜩한 경이를 비틀비틀 빠져나온다. 범죄는 오직 하나고, 각기 다른 방식으로 그걸 자백한다. 그런데 소포클레스에서 포에 이르기까지, 누가 보들레르에게 블랑쇼가 부서한 편지를 건넸을까, 그건 동일한 비극이고 동일한 표류인데,

죽음으로부터 나온 단어, 죽음에서 소생한 단어라고 볼 수 있다. 식수가 이 글에서 인용한 포의 인물들(모렐라, 리지아)은 모두 삶과 죽음을 아우른다.

끔찍한 주제가 말하는 자를 언제나 능가하기 때문이다.

나라면 할 수 없는 걸 내가 했다, 그건 내가 아니야, 내가 아닌 나(Pasmoi)가 그런 거야.

누가 이걸 썼지? 스탕달? 아마도(*Perchance*) 데리다? 아니면 혹은(*Or perchance*) 루소? 그게 만약 셈 조이스가 아니라면 그건 숀조이스다.* 내 동류, 내 더 큰 자유(*my freer*), 내 공포, 내 최악, 나를 넘어서는 나.

누가 글을 쓰는지 더는 모르겠는 순간에 문학이 시작한다고 말한 게 당신 J.D.인가, 아니면 버지니아 울프인가? 그건 처녀[virgin]일까 늑대[wolf]일까, 사자일까 비단구렁이일까, 몽테뉴일까 라 보에티일까, 나일까 내 어머니 에브일까? 누구를 위하여 종은 울리나(*For whom the bell tolls*).**

* 솀과 숀은 제임스 조이스의 『피네간의 경야』에 등장하는 이어워커와 플루라벨의 쌍둥이 아들로, '숀조이스'라고 붙여 적은 까닭을 짐작할 수 있다. 이 책 72쪽과 주 참조.

** 어니스트 헤밍웨이 소설의 원제로, 이 제목은 이 책 3장 「"살인이 일어난 방을 환기하기"」에서도 언급된 존 던의 시 「인간은 섬이 아니다」의 마지막 구절("조종이 당신을 향해 울린다는 걸 의심하지 마시오")에서 차용한 것이다.

아델 압데세메드, 「아야이」(2013)
20초(루프), 영상, 컬러, 소리

아델 압데세메드, 「아야이」(2013)
20초(루프), 영상, 컬러, 소리

아이아스. 희생 칼날은, 그 효율을 계산할 여력이 되는 한
가장 절단하기 좋게 세워져 있다.
이 칼은 나의 적 중에 내가 가장 증오했고,
내가 보기에 가장 추악했던 헥토르의 선물이다.
연마석으로 갓 간 칼이 척박한 트로이 땅에 박혀 있다.
쉬이 빨리 죽을 수 있도록
내가, 바로 내가 그 칼을 땅에 박고 묻었다.
(…)
태양이여, 내 고국 땅을 보거든
네 황금빛 고삐를 붙잡고,
내 착란과 내 죽음을
연세 드신 내 아버지와 가엾은 내 어머니에게 전해
주오.
불쌍한 어머니. 이 소식을 듣고
도시를 꿰뚫을 커다란 비명을 내지를 것이다.
(…)
오 죽음아 지금, 오 죽음아, 내게 오라,
저편에서도 너와 함께 말할 수 있을 테니.
그런데 당신, 오 이 눈부신 날의 빛이여,
그리고 당신, 빛의 전차를 모는 태양이여, 내가
당신들에게 인사를 건네니

이게 마지막이고 더 이상은 없다.
(…)
오 당신 눈부신 아테네와 당신의 형제 민족들,
그 자원과 강들이 여기에
오 내게 양분을 주었던 트로이 평야여, 안녕히!
아이아스가 당신들에게 외치는 마지막 말이다.
나머지는 저승에서 저 아래 있는 자들에게 할 테니.

(아이아스가 자기 검으로 돌진한다.
햄릿이 들어온다.)

햄릿. 난 죽었소, 호레이쇼. (…)
벌어진 참사 앞에 파랗게 질려 떨고 있는,
침묵하는 청중 여러분께
시간이 있다면 — 하지만 냉혹한 죽음의 메신저가
가차 없이 잡아가니 — 오, 말씀드릴 수 있지만 —
그만둡시다. 호레이쇼, 난 죽었네.
자네, 자네는 살지.
과문(寡聞)한 이들에게
나와 내 사유(事由)를 올바로 전하게.
(…)
오 신이여, 호레이쇼, 상처 입은 이름이여,
만일 사태가 알려지지 않으면, 내 후대를 살아가게!
(…)

천상의 행복은 잠시 차치하고
이 거친 세상에서 자네의 숨을 끌어올려
내 이야기를 들려주게.
(…)
오! 내가 죽네, 호레이쇼
(…)
영국 소식을 들을 만큼 살지는 못하겠지만
포틴브라스가 왕이 되리라 예언하지
그에게 죽음이 임박한 자의 지지를 보내네
그에게 일러 주게, 나를 결정지은
크고 작은 사건들도. 남은 건 침묵뿐이다.

HAMLET — I am dead, Horatio. […]
You that look pale and tremble at this chance,
That are but mutes or audience to this act,
Had I but time — as this fell sergeant Death
Is strict in his arrest — O, I could tell you —
But let it be. Horatio, I am dead ;
Thou liv'st. Report me and my cause aright
To the unsatisfied.
[…]
O God, Horatio, what a wounded name,
Things standing thus unknown, shall live behind me !
[…]

Absent thee from felicity awhile,
And in this harsh world draw thy breath in pain,
To tell my story.
[...]
O, I die, Horatio;
[...]
I cannot live to hear the news from England;
But I do prophesy the election lights
On Fortinbras: he has my dying voice.
So tell him, with the occurrents, more and less,
Which have solicited. The rest is silence.

햄릿이 죽는다. 아이아스가 죽는다. 똑같이.

(첼란이 등장한다. 아니면 아흐마토바가 아니면 베소스가 아니면 시인이, 텍스트를 파고들기 위해서 등장한다.)*

노고, 노고
우리가 뼈 빠지게 일한다
거기에 또 노고가 더해진다
내가 가지 않은 곳이 어디인가? 어디?
샅샅이 뒤졌지만
아무 데서도 그 남자를 볼 수 없었다

(테크메사의 목소리)

여기 죽은 아이아스가 있다.
이게 그의 운명이니. 우리는 비명을 지를 수 있다.
아야이

조용! 우리가 비명을 지른다.

* 안나 아흐마토바(Анна Ахматова, 1889–1966)는 러시아 시인이다. 러시아혁명 이후 본국에 남아 출간을 금지당했으나 (이 책 33쪽의 만델스탐처럼) 현실성, 사실주의를 지향하는 문학사조 아크메이즘에 몸담으며 글을 썼다. 타리에이 베소스(Tarjei Vesaas, 1897–1970)는 노르웨이 작가로 악의 실존성에 관한 상징적이고 몽상적인 소설을 썼다.

아델 압데세메드, 「아야이」(2013)
종이에 흑석, 79.9 × 119.9 cm

옮긴이의 글

엘렌 식수 읽기

"여러분은 엘렌 식수를 읽을 수 있었나요?"* 식수의 책을 수차례 읽고 번역을 마친 후에도 데리다가 던진 이 질문 앞에서 주저할 수밖에 없는 까닭은 무엇일까. 엘렌 식수를 읽는다는 건 무슨 의미일까? 굳이 식수를, 그것도 식수의 문학론을 읽어야 할 이유가 있긴 할까?

국내에 엘렌 식수의 글이 소개된 건 2000년대 들어서이다. 식수가 1967년 문단에 데뷔한 이후 꾸준히 저술 활동을 하며 일흔 권 이상의 책을 출간했고, 그 책의 대부분이 픽션이라는 사실을 고려하면, 국내에 두 편의 에세이만, 그것도 출간 후 30년이 지난 뒤 소개되었다는 점

* 1998년 스리지라살에서 식수를 주제로 아흐레간 열린 학술 대회에서 데리다가 던진 질문이다. 그는 식수 읽기의 불가능성을, 엄밀히 말하면 불가능성의 가능성에 관해 역설한다. 학술 대회의 포문을 열었던 그의 길고 긴 발표문은 식수와의 "마찰"을 재현하는 것으로 시작한다. 그가 '마찰'이라고 표현한 그들의 친밀한 대화의 주제는 삶과 죽음이다. 두 사람 모두 삶과 죽음을 대비되는 것으로 보지 않았으나, 데리다의 관점에서 사람이 결국 너무 빨리 죽는 한편, (그에 따르면) 식수에게는 오로지 삶만 존재한다고 이야기한다. 어린 시절 아버지를 여읜 식수가 죽음이 너무 빨리 온다는 사실을 모를 리 만무하다. 데리다 또한 식수가 이 사실을 잘 알고 있고, 이와 관련해 누구보다 글을 잘 쓴다고 이야기하면서도, 그럼에도 식수 본인은 이러한 사실을 믿지 않는다고 말한다. "[그렇다면] 나는 그녀를 믿을 수 있는가? (…) 나는 내가 할 수 없는 것을 해야 한다." 데리다가 사적인 방식으로 던진 물음과 주문은 엘렌 식수의 문학(관)을 설명하는 동시에, 식수의 문학이 실천하는바, 즉 무조건적인 환대를 읽기 과정에서 수행하겠다는 것을 예고한다.

이 의아해 보일 수 있다.* 하지만 그 에세이가 「메두사의 웃음」과 「출구」라는 사실은 그리 놀랍지 않다.** 소위 "프렌치 페미니즘"을 대표하는 이 두 텍스트는 식수의 전 작품을 통틀어 가장 널리 읽힌 글일 것이다. 여성해방운동(MLF)과 후기구조주의라는 특정한 시대적, 사상적 배경에서 집필된 두 글은, '여성적 글쓰기'를 기반으로 한 페미니스트 매니페스토로 읽히면서 프랑스 국내외에서 큰 반향을 일으켰다. 여성학적으로나 문학사적으로 유의미한 텍스트가 국내에 좋은 번역으로 소개된다는 건 반길 일임에 틀림없다.*** 하지만 「메두사의 웃음」이 출간되고 반세기가 지난 현재, 여전히 이 글만, 어쩌면 앞으로도 이 글만, 혹여 이론처럼, 심지어 개념처럼 읽힌다면 어떨까. 어떤 글이 되었든 식수 읽기를 통해 전복적인 사유를 확장하려면, 식수의 문학이 담지한 "색다른-전능(Toute-puissance-autre)"****을 짚을 필요가 있지 않을까.

* 옮긴이가 이 글을 쓴 시점은 엘렌 식수의 『글쓰기 사다리의 세 칸』(신해경 옮김, 밤의책, 2022)이 출간되기 이전이었음을 밝힌다.

** 엘렌 식수, 『메두사의 웃음/출구』, 박혜영 옮김, 동문선, 2004; 엘렌 식수, 카트린 클레망, 『새로 태어난 여성』, 이봉지 옮김, 나남, 2008.

*** 프랑스 문학사가 오드리 라세르(Audrey Lasserre)는 1970년대 여성해방운동(MLF)의 중요한 축이 여성 작가들을 중심으로 확산했고, 여성 출판 확산과 궤를 같이한다는 점을 들어 MLF가 사회, 정치적 운동일 뿐 아니라 문학 운동이었음을 역설한다. 또한 '여성적 글쓰기'를 20세기 프랑스의 마지막 아방가르드 문학 운동이라고 평하기도 한다. 오드리 라세르, 「문학이 움직이기 시작할 때: 글쓰기와 프랑스 여성해방운동(1970–81)(Quand la littérature se mit en mouvement : écriture et mouvement de libération des femmes en France [1970–1981])」, 『르 탕 모데른(Le Temps Modernes)』(2016) 3권(689호).

**** 엘렌 식수, 『몽테뉴에 베냐민(Benjamin à Montaigne)』(갈릴레, 2001) 참조.

식수 읽기에 관한 데리다의 노파심 어린, 반복적인 질문으로 돌아와 보자. "여러분은 제가 생각하기에 적합한 방식으로, 그러니까 무한히 되풀이해서 엘렌 식수를 읽을 수 있나요?" 식수를 읽으려면 평생토록 계속해서, 다시, 천천히 읽어야 한다는 데리다의 다소 과장된 말은, 식수의 글이 다른 방식의 읽기를 요구한다는 의미로 해석할 수 있다. 데리다 외에도 미레유 칼그뤼베르, 지네트 미쇼, 안 베르제 등 여타 학자들이 지적하고 주의하듯이, 식수에게 언어는 단순한 사유의 반영이 아니라 유동적인 사유를 가능케 하는 원동력 그 자체다. 식수의 글이 갖는 힘은 시적 언어의 중의성과 변화무쌍함에 있을 것이다. 식수는 프랑스어뿐 아니라 영어, 독일어, 스페인어 등 언어의 경계를 넘나들면서 기표를 토대로 어휘를 비틀고, 한 단어에 무수한 의미를 녹여 낸다. 그녀의 글은 낯설고, 더욱이 재빠르다. 문장 하나하나에 문학적, 철학적, 정신분석학적 레퍼런스가 켜켜이 쌓여 있지만, 식수는 멈춰 서서 설명하는 법이 거의 없다. 뒤도 돌아보지 않고 질주하는 글은 설령 그것이 발제문이라 한들 설명하고 가르치는 데 목적을 두는 것 같지 않다. 가르치려 들지 않는 글을 어떻게 해설할 수 있을까. '알기 쉽게 풀어 설명하는 것[解說]'이 식수를 읽는 적합한 방법일까?

나를 비롯해 직관적인 독서에 익숙한 대부분의 독자에게 식수의 글은 접근하기 쉽지 않다. 프랑스어가 모국어인 독자도 사정은 마찬가지일 것이다. 모두에게 어느 정도 외국어일 수밖에 없는 식수의 텍스트 앞에서 번역 불가능성을 지우고 용이성을 모색하기보다는, 번역이 불가능했던 부분에서 읽기를 다시 시작해 보는 건 어떨까. 해설이 있어야 할 자리에 (한국어) 번역에 충분히 녹일 수 없었던 구문을 다시 펼쳐 보려고 한다.

아야이! 문학의 비명

(Ayaï ! Le cri de la littérature)

아야이! 환각 상태에서 깨어난 아이아스가 자신이 저지른 끔찍한 살육을 보고 비명을 지른다. 그리고 그 순간, 아야이!, 이 외마디 비명에서 자신의 숙명적인 불행을 뒤늦게 깨닫는다. "아야이, 아이아스! 누가 상상이나 할 수 있었을까 / 내 이름이 나의 불행과 이처럼 상응한다는 것을?"(64쪽) 비명을 닮은 자기 이름을 외치며 "이중, 삼중으로" "절규"(64쪽)하는 아이아스의 고통이 식수에게 가 닿고, 그녀가 아이아스의 비명(悲鳴)으로 문학의 비명(碑銘)을 새기고, 그의 비명(非命)을 달랜다. '아야이! 문학의 비명', 이 글의 제목은 신기할 정도로 한자어에서 아주 깊이 울려 퍼진다.

아아! 날카로운 외침 뒤로 낮은 탄식이 들려온다. A. A.(프랑스어로 '아.아'로 발음된다.) 아아! "아이아스, 아아, 아이아스, 그게 우리다, 아니, 당신은 기억하지 못하는군요, 아아! 우리가 아이아스를 잊었다."(65쪽) 아이아스의 비명이 고대 그리스 원형극장을 가득 메운 지 2천 400

년이 넘게 지난 지금, 우리는 필경 아이아스와 그의 절규를 잊었다. "삶이 이렇게 짧았을 줄이야. 잊지 마오. 두 달! 벌써 나를 잊었군요! 죽음은 민첩하다! 내가 고통받는 건 죽음을 죽기 때문만은 아니다. 그보다 망각으로 죽는 것이 나를 더 괴롭게 한다."(65쪽) 아이아스가 사라지고, 그의 비명이 편력한다. 문학이 그의 응어리를 기록한다. 투사 삼손, 도스토옙스키, 프루스트, 애디 번드런, 식수, 그리고 또 다른 아. 아.(A. A.), 아델 압데세메드(Adel Abdessemed)가 각각 다른 방식으로 동일한 비명을 모으고 되살린다.

『아야이!』에는 압데세메드의 삽화가 수록되어 있다. "잿더미 둥지로 몸을 숙였을 때"(15쪽) 식수가 만났다는 그가 『아야이!』에 조용히 비명을 새기고, 잿더미를 휘젓는다. 폭력이라는 주제를 자극적으로 다루는 것으로 정평 난 이 젊은 예술가의 등장이 일견 낯설어 보일 수 있다.* 하지만 식수는 압데세메드를 "고통의 예술가이자 잔혹함의 조련사"(16쪽)라 칭하면서, 그의 작품이 지닌 논쟁적인 측면보다는 고통을 다루는 방식에 주목한다. 사실

* 예를 들어 「공장(Usine)」(2008)은 압데세메드의 가장 문제적인 작품 중 하나로 알려졌다. 뱀, 전갈, 개구리, 독거미 등 여러 종의 생명체가 한 우리에 갇혀 서로 먹고 먹히는 모습을 담은 이 비디오는 비윤리적인 작품으로 인식되며 공분을 사기도 했다. 대중에게 가장 잘 알려진 「박치기(Coup de tête)」(2012)는, 2006년 월드컵 때 프랑스 축구 선수 지단이 이탈리아 선수 마테라치의 가슴을 머리로 박은 사건을 본떠서 제작한 5m 크기의 동상이다. 아델 압데세메드에 관한 자료는 그의 웹사이트(www.adelabdessemed.com)에서 참조할 수 있다.

식수와 압데세메드의 만남은 블라랑베르그와 프루스트와의 만남만큼이나 자연스러운 것일 수 있다. 신문 잡보면에서 앙리 반 블라랑베르그 사건을 접한 프루스트가, 모친 살해라는 극악무도한 행위 자체보다 존속살해범이 느꼈을 “이중의 고통”과 “부모를 향한 감정”을 섬세하게 풀어내듯이, 압데세메드는 “폭력의 독백을 정념의 대화로 탈바꿈시킨다”(16쪽). 그의 작품은 식수의 글쓰기에 동행하는 여타 문학작품과 마찬가지로, 삶 속의 고통 혹은 고통 속의 삶을 작품에 담고 변화시키면서 부연 설명 없이 식수의 문학 여정을 함께한다. 관을 연상시키는 육각형 구조물 주변을 배회하는 검은 그림자들, 바다에 떠 있는 작은 나무판자에 무릎을 꿇은 채 두 손을 판자에 올리고 아슬아슬하게 앉아 있는 한 남자… 각각의 이미지는 식수가 언급한 망자, 폭풍우 등의 모티브와 조우하며 또 다른 서사를 만드는 데 동참한다. 특히 『아야이!』의 처음과 마지막을 장식한 압데세메드의 「아야이!」 연작이 인상적이다. 아델 압데세메드가 흑석으로 스케치하고 서명한 두 그림은 각각 장미 한 송이와 공중에 떠 있는 맨발, 그리고 짓밟힌 장미와 상처를 머금고 다시 걸음을 옮기는 두 발을 보여 준다. “아이 아야이(Aïe Ayaï)” 비명이 각인되고, 또렷하게 새겨진 작가의 이니셜(A. A.) 사이로 문학이 함께 서명함(contresigner)을 느낀다.

소망, –에 태어나고 –에 죽고 소망! 소망!

(Néant, née en — mort(e) en — néant ! Néant !)

프랑스어 동음이의에 기반한 이 단어의 연쇄는 『아야이!』를 통틀어 가장 핵심적인 구문인 동시에 가장 번역 불가능한 구문이 아닐까 한다. 프랑스어로 '무, 공백, 사멸, 소망(消亡)'을 의미하는 단어 'néant'과 '–(년도)에 태어나다'를 의미하는 구문 'né(e) en'은 발음상 동일하다. '네앙, 네앙 — 모르(트) 앙 — 네앙! 네앙!' 어원상 '살아 있는 자가 아무도 없음'을 뜻하는 'néant'의 두 음절에서 탄생을 읽기까지 걸리는 시간은 1초도 채 되지 않는다. 식수가 말하는 문학은 소망(消亡, 消忘)한 이후에도 삶을 소망(所望)하는 행위, 즉 '살아 있는 자가 아무도 없음'을 '있음' 혹은 '있을 수 있음'으로 연결하는, 마법 같은 힘을 지닌 단어(의 연쇄)를 찾는 과정이다. 첫 번째 '네앙(Néant)'을 해체한 뒤 마지막에 느낌표를 붙여 반복한 '네앙(Néant !)'에는 분명 소망(消亡) 그 이상이 있다.

『아야이!』에서 식수가 "다시-생각"(13쪽)한 문학은 작가 본인이 이전부터 생각해 온 문학과 크게 다르지 않다. 데리다의 용어를 빌려 표현하면, 식수가 실천하고 이야기하는 문학은 "무조건적인 환대"를 실현하는 공간이자 글쓰기이다. 「메두사의 웃음」이 여성주의적 견지에서 (저자의 젠더와 무관하게) 새로운 여성을 도래하게 하는 글쓰기를 "여성적 글쓰기"라 명명하고, 여성의 "또 다른 양성성"으로부터 환대하는 글쓰기의 가능성을 역설했다면,* 『아야이!』는 환대의 범주를 망자(亡者)에로, 다시 말해 삶이 가장 불가능해 보이는 존재에까지 확장한다. 이 글에서 식수는 애도를 품는 문학, 즉 망자에게 죽음을 주지 않고 삶을 주는 문학을 그린다. 일반적인 의미에서 애도 작업이 부재를 받아들이고, 떠난 이의 빈자리를 다른 사람으로 대체하는 것이라면(이러한 측면에서 다니엘 라가슈는 애도의 완수가 망자를 죽이고 '나'를 살리는 것과 동일하다고 이야기한다.),** "상상 불가능한 것을 상상"(29쪽)하는 문학은 애도 작업을 완수하지 않고, 끝내기를 끝내지 않는다. 현실에서는 설 자리를 잃은 온갖 감정과 인물에게 끊임없이 자리를 내어 주고 삶을 고수하는 것, 그것이 엘렌 식수가 이야기하고 실천하는 문학이다.

* 「메두사의 웃음」에서 식수는 타자를 타자 그 자체로, 그의 일부(예를 들어 페니스)가 아니라 그 전체를 원하고, "새로운 사랑"을 나누는 것이 여성적인 글쓰기라고 강조하면서, 이때 여성성은 사실상 양성성(bisexualité)의 실현임을 역설한다. 식수는 성차(性差)를 지우지 않고, 모든 조합을 아우르는 특성을 "또 다른 양성성"이라고 명명한다. "또 다른 양성성은 자기 안에서 개인적으로 각 여자 혹은 남자에 따라 다양하게 뚜렷이 드러나는 두 가지 성의 절박한 현존, 차이의 그리고 한 가지 성의 비배제를 탐지해 냄이다. 그리고 우리가 스스로에게 허락하는 이러한 '허용'으로부터 출발하여, 나의 육체와 다른 육체의 모든 부분들 위에 욕망의 기입의 효과들을 복수화함이다. 다시 말해서 이 또 다른 양성성은 차이들을 무효화하지 않는다. (…) 역사-문화적 이유들로 인해 지금 이러한 양성성에 자신을 여는 자, 그것의 혜택을 입는 자는 바로 여성이게 되어 있다. 어떤 면에서 '여성은 양성적이다'. 남성은 — 이것은 이제 아무에게도 비밀이 아니다 — 영광스러운 팔루스적 단일성을 겨냥하도록 훈련되어 왔기 때문이다."(엘렌 식수, 『메두사의 웃음/출구』, 박혜영 옮김, 동문선, 2004, 27쪽)

** 장 라플랑슈(Jean Laplanche), J.B. 퐁탈리스(Jean-Bertrand Pontalis), 「애도 작업(Travail du deuil)」, 『정신분석 사전(Vocabulaire de la psychanalyse)』(파리, PUF, 1967), 504쪽.

『아야이!』의 글쓰기는 매우 연극적이다. 고통 속에서도 삶을 고수하는 문학, "그녀"가 활유법으로 이야기한다. 기원전 440년경 초연된 그리스비극에서부터 2014년 식수의 소설에 이르기까지,* 「아이아스」, 「햄릿」, 「일리아드」, 소포클레스, 존 던, 셰익스피어, 프루스트, 도스토옙스키, 카프카, 테크메사, 엘페노르, 아가멤논, 애디 번드런 등 수많은 작품과 작가, 인물이 등장과 퇴장을 반복하며 59분이라는 제한된 시간 내에 하나의 문학을 무대에 올린다. 엘렌과 고령의 어머니 에브도 이 무리에 합류한다.

영원히 — 꿈(Ever — Rêve)
에브 삶 꿈(Ève ève rêve)

'영원히'를 의미하는 영어 단어 'Ever'를 반대로 뒤집으면 프랑스어 단어 'Rêve'가 된다. 느슨히 이어진 이 애너그램은 두 가지로 번역할 수 있다. 'Rêve'를 명사로 본다면 위와 같이 '영원히 꿈'이라 옮길 수 있겠고, 동사로 본다면 명령형으로 '영원히 꿈꿔라'라고 옮길 수도 있다. 그런데 이와 같이 의미 중심으로 번역하다 보면 전해지지 않은 이름이 있다. 보이면서도 보이지 않는 그녀, 에브(EVE)가 거기 있다.

* 『아야이!』 5장 「밤도 아니고 낮도 아닌」의 부제는 '-440과 +2014 사이'다. 숫자의 의미를 식수가 명확히 밝히지는 않으나 소포클레스의 비극 「아이아스」가 기원전 440년경 초연되었고, 식수의 어머니 에브의 죽음을 다룬 소설 『호메로스 죽다…(Homère est morte...)』가 2014년에 출간된다는 점을 고려하면, 절대적인 환대를 제공하는 문학의 계보에 식수 자신이 실천하는 문학을 포함시킨 것으로 해석할 수도 있겠다.

2013년 『아야이!』를 집필할 당시, 엘렌 식수의 어머니이자 식수의 작품 절반가량의 주인공이었던 에브가 세상을 하직하고 있었다. 히브리어 '하와'에서 파생된 '에브'에는 어원상 '삶, 삶을 주다'라는 뜻이 있는데, 실제로 식수의 (파라)텍스트에 등장하는 독일인 어머니 에브는 삶의 편에서 있는 인물로 그려지곤 했다. 인생의 역경이 닥칠 때마다 지체 없이 짐을 챙겨 삶을 향해 달아났던 에브, 그녀는 그렇게 나치를 피해 알제리에 왔고, 남편과 사별한 후에는 산파가 되어 수백 명의 새 생명을 받았고, 알제리에서 추방당할 위기에 놓였을 때도 간소히 짐만 챙겨 재빨리 파리행 비행기에 오를 줄 알았다. 백팩을 메고 사냥 가듯이 시장을 다녔던 어머니가 어느덧 103세가 되었고, 그라쿠스의 배에 몸을 뉘인 채 삶과 죽음의 길목을 배회하고 있다. 어머니 곁에서, 끊임없이 울리는 조종을 들으면서 식수가 문학을 다시-생각한다. 식수의 성찰은 문학을 향한 것인 동시에, 문학을 통해 어머니에게로 향하는 게 아닐까?

여기 번역하기 까다로운 구문이 또 하나 있다. "에브 삶 꿈(Ève ève rêve)." 마지막 배에 탄 에브의 목소리가 엘렌을 부르자("엘렌! 이제 무엇을 하지?"[54쪽]) '내'가 답한다. "에브, 우리는 잠을 자고 꿈을 꿀 거야. 에브 삶 꿈(Ève ève rêve)."(54쪽) '에브, 에브, 헤브'라고 발음되는, 자장가처럼 들리기도 하는 이 절(節) 또는 문장은 번역하기 애매하다. 에브가 꿈으로 변한 것일까('에브 에브 꿈'), 아니면 에브를 꿈으로 초청하는 것일까('에브 에브 꿈꿔').

아니면 이 둘 다를 들려주면서 (나는 미처 파악하지 못한) 다른 의미도 내포하는 것일까. 에브와 꿈을 (영원히[Ever]) 가까이 놓음으로써 얻을 수 있는 효과는 무엇인가? 모든 번역이 가능하리라 생각하면서도 "에브 삶 꿈"이라는 명사의 나열을 선택한 이유는 에브의 이름을 부르는 행위를 강조하고 싶었기 때문이다. "누군가 우리에게서 한 생명을 앗아 갈 때, (…) 우리는 소중한 이의 이름을 외치고, 그 이름에 간청하고, 그 이름을 반복한다, 언어에 있는 모든 낱말을 대신하여 그 이름을 부르고, 불러서 한없이 메아리치게 한다."(24쪽) 에브의 이름으로 '삶'을 부르고 동시에 에브의 이름을 '꿈'으로 옮기면서, 어쩌면 식수는 어머니의 이름을 세 번 다르게 부르는 것이 아닐까.

식수의 문학에서 꿈이 차지하는 비중은 아주 크다. 그녀의 작품에서 꿈은 이야기 소재로 등장하기보다 글쓰기를 가능하게 하는 통로이자 문학 공간 자체로서 역할한다. 『아야이!』에서도 '꿈'이라는 단어가 동사, 명사 형태로 여러 번 언급되는데, 매번 꿈은 (현실에서는) 불가능한 것이 행해지는 공간으로 그려진다. 꿈은 일종의 네키아(Νέκυια)가 가능한 공간으로, 거기서 '나'는 망자를 만나고(예를 들어 "영어로 그리스어를 구사"[28쪽]하는 아가멤논을 만나기도 하고), 그들의 이야기를 듣는다. 내 '꿈의 울타리'로 살육과 공포가 쇄도하기도 하는데, 여하튼 제정신으로는 상상할 수 없는 일들이 꿈과 문학에서는 가능하다. 그렇다면 식수가 이야기하고 실천하는 문학은 현실과 동떨어진, 허무맹랑한 이야기를 늘어놓는 공간일까? 꿈은 현실의 반대인가? 데리다의 프랑크푸르트 연설문 『숄(Fichus)』이 이에 관한 답을 주지 않을까 한다.

2001년 9월 22일, 아도르노 상을 받을 당시 했던 연설에서 데리다는 꿈에 관한 견지를 두고 철학과 문학(을 비롯한 여타 예술과 정신분석학)을 비교한다. "꿈꾸는 자가 수면 중에 자신의 꿈에 관해 말할 수 있는가? 그가 일반적인 의미에서 꿈을 말할 수 있는가? 그가 적합한 방식으로 꿈을 분석하고, 심지어 '꿈'이라는 단어를 합당하게, 잠을 깨우지 않고, 잠을 배반하지 않은 채, 그래, 배반하지 않고 쓸 수 있는가?"* 이 질문에 대해 데리다는 철학자들의 답이 부정적일 것인 반면, 시인을 비롯한 작가들의 답은 긍정적이리라 예상한다. 그들은 "어쩌면, 가끔 그럴 수 있다."고 답할 것이다. 명철한 사유에 기반한 철학은 깨어있는 상태를 지향하고 꿈의 가능성을 배제하지만, 문학은 꿈의 가능성에 열려 있다. 하지만 이 도식을 가로질러 사고하는 학자들도 있었으니, 데리다는 아도르노의 철학이 꿈에 답하기를 모색했다고 강조한다. 그는 '상상 불가능한' 최악의 악몽이 역사적으로 수차례 있었음을 환기하면서 (데리다는 이 연설이 있기 11일 전에 벌어졌던 9.11 테러를 언급한다.), 악몽에서 깨어나는 순간, 의식의 (은폐) 위험성을 지적하는 동시에, 때로는 꿈이 잠에서 깬 상태보

* 자크 데리다(Jacques Derrida), 『숄(Fichus)』, 갈릴레, 2002, 12쪽.

다 더 주의 깊을 수 있음을, 즉 문학이 철학보다 더 철학적이고, 비판적일 수 있음을 역설한다.* 현실에서 가능한 것만이 진실은 아니다. 문학은 "어쩌면, 가끔" 눈을 뜨고도 보지 못했던 진실을 꿰뚫기도 한다.

사경을 헤매는 어머니 곁에서 문학을 다시-생각하는 것 자체가 어머니를 잃고-잃지 않으려는 문학적 행위가 아닐까. 식수의 글은 어머니의 자리를 마련하는 데 만족하지 않고, 더 멀리 나아가는 듯하다. '영원히 — 꿈(Ever — Rêve)'을 제목으로 삼고 있는 제1장의 도입부로 돌아와 보자.

> 항상 거기 있는, 에버(Ever), 그게 그녀의 이름이다, 종국에 항상 거기 있는, 마지막, 심연이 있는 즉시 그녀, 문학은 항상 거기서 에버(Ever), 종국에, 삶이라는 배가 좌초될 때 열두 행과 10분 만에 끝장나고(*all lost*), 우리가 몰락하고, 모든 게 끝장날 때, 폭풍우를 만난 셰익스피어의 선원이 두 단어만 가지고 그렇게 했듯이 재개를 위한 기회를 주고, 대체하면서 있었을 것이다, 서둘러, 다른 장면으로 넘어가자.(19쪽)

죽음을 삶으로 전환하는 "그녀", 그녀가 문학이고, 그녀의 이름은 '에버(Ever)'다. 그 이름 속에 '에브(Ève)'가 보인다.

* 같은 책, 17–8쪽.

식수는 에브를 문학으로 초대하는 것 이상으로, 문학과 동일시하는 것이 아닐까? 예를 하나 더 들어 보자. “에브 삶 꿈” 이후 한 줄 띄고, 문학이 말을 받는다.

> 문학:
> —1월 13일부터 몇 달째 삶과 죽음의 경계 이 지역—황야—경계, 귀로가 보장되기만 한다면 그토록 가 보고 싶었던 그 나라에서 지내고 있다, 때로는 너무 길게, 아니면 짧게만 머물도록 선고받은 그 우리에서. 시간이 멈춰 있는 동안 우리는 삶과 죽음 사이의 이국에서 머무를 수 있다. 나는 그 체류 도중 책을 읽는다.(54쪽)

문학의 이름으로 말하는 이가 누구일까. 에브인지, 에브의 침대에 바짝 붙어 있는 엘렌인지 명확히 답할 수는 없다. 하지만 1월 13일이라는 날짜(엘렌 식수의 작품에서 숫자와 날짜가 얼마나 중요한지에 대해 말하기엔 지면과 시간이 너무 부족하다.)와 그때부터 시작된 이국에서의 체류는 그녀(들)의 이야기임을, 식수의 다른 소설 『호메로스 죽다…(Homère est morte...)』(2014)가 노래한다. 고대 그리스의 서사시인 호메로스의 프랑스어 표기는 ‘Homère’로 식수가 전용어법을 통해 여성형으로 표현한 이 고유명사 안에는 어머니를 의미하는 프랑스어 단어 ‘mère’가 있다. 에브, 그녀는 문학의 거주자이자 문학 그 자체가 아닐까? 단정할 수는 없지만, "어쩌면, 가끔" 그렇게 보이기도 한다.

내가 네게 말했던 그(녀)
(El que te dije)

갑작스러운 스페인어 등장에 어리둥절하다. "누가 살아 있음을 이야기하는가?"(79쪽) 데리다의 목소리가 던진 이 질문에 식수는 왜 프랑스어로만 답하지 않고, 굳이 스페인어로 재차 답했을까. "내가-네게-말했던-그가. 내가 네게 말했던 그(녀)(El que te dije)."(79쪽) 스페인어 표현에서 우리가 들을 수 있는 건 무엇일까. 스페인어 'el'은 정관사 남성 단수형이지만, 발음상 프랑스어 여성형 인칭대명사 'elle'과 유사하다. 이러한 환칭은 지시 불가능이라는 저자의 특징을 고려하는 동시에 남성과 여성을 동시에 들려주려는 의도가 아니었을까?

기원전 440년 전 "최상의 전화(architéléphonie)로 송출"(67쪽)된 아이아스의 비명을 들은 자, "호메로스 댁내 소포클레스 귀하"(68쪽)라고 적힌 편지를 수신한 이는 누구인가? 식수는 "밤도 아니고 낮도 아닌 -440과 +2014 사이"(71쪽)에 쓰인 문학 텍스트의 저자는 특정할 수 없다고 강조한다. 그녀가 묻는다. "내 안에 누가 누구에게 글을 쓰는가? 너니? 아니면 내 아버지? 아니면 내 아이들? 카프카 안에 있는 또 다른 카프카, 아니면 카프카 아버지일까?"(78쪽) 반 블라랑베르그 부인이 남편과 사별했을 때, 프루스트는 자신의 부모님이 살아 계셨더라면 보냈을 조의문을 대신 써서 앙리 반 블라랑베르그에게 부쳤다. 그렇다면 「어느 존속살해범의 편지」는 누가 누구에게 쓴 것일까? 프루스트-소포클레스? 프루스트-어머니? 프루스트의 '나'는 혼자가 아니다. 독서의 기억이 진하게 배어 있는 그의 글에는 작가 군단이 있고, 프루스트 그 자신 안에도 프루스트-아들, 프루스트-어머니 등 여러 프루스트가 있다. 식수는 저자이면서 항상 지워지는 'El', 그/그녀를 "도둑맞은 저자"(80쪽)라고 다시 환칭한다. 이 대목에서 죽음을 선고받은 저자, '저자의 죽음'을 떠올리는 이도 더러 있을 것이다. 더군다나 "밤도 아니고 낮도 아닌"이라는 수식은 『문학의 공간』에서 블랑쇼가 말한, 오르페우스가 금기를 어기고 고개를 돌리는 시각, 즉 "또 다른 밤"을 환기하는 것도 사실이다. 그럼에도 불구하고 식수의 문학관이 갖는 변별적 특성이 있다면, 저자의 통제를 벗어나는 텍스트 앞에서 저자의 죽음을 이야기하기보다, 이때 저자가 자기 차례에서 행할 수밖에 없는 범죄에 주안점을 둔다는 점이다. 절대적인 환대를 실현하는 문학에서 '나'는 내가 원치 않은 것을, "나라면 할 수 없는 걸"(85쪽) 한다. 범죄 작가(écriminel)가 묻는다. "우리가 죽였다. 누구? 누가 누구를 죽였지? 누가 나를 죽인 거야? 누가 내 손에 펜을 쥐여 줬지? 누가 나를 찌르고, 맹인으로 만든 거야? 나의 밤에 죽은 이가 누구지?"(83–4쪽) 『아야이!』에서 식수가 말하는 문학은 '나'의 의지와 의식을 넘어서 끔찍한 고통과 죽음을 기록하고, 가로지르며 그 죽음을 삶으로 뒤집기를 멈추지 않는 작업이고, 이러한 문학은 여성형으로 등장한다.

다시 한번 '엘'이라는 음절로 돌아와 보자. 식수는 위와 같은 문학을 묘사함에 있어 인칭대명사 '그녀(elle)'를 은근히 앞세운다. 프랑스어에서 문학(la littérature)은 여성형 명사로, 그것을 여성형 인칭대명사로 받는 것은 당연하다. 하지만 여기서 강조하고 싶은 것은, 일반명사 '문학'을 언급하기도 이전에, 즉 주어를 특정하지 않은 상태에서 '그녀'라는 대명사를 먼저 사용함으로써 대상의 여성성을 간접적으로 부각하는 방식이다. 앞서 인용했던 『아야이!』의 본문 첫 문장—"항상 거기 있는, 에버(Ever), 그게 그녀의 이름이다,"(19쪽)—이 하나의 예라면, 다음 문장에서도 동일한 구조를 관찰할 수 있다. "그녀는 우리의 자살과 우리의 애도를 보존하고, 우리의 암울한 힘과, 그녀를 제외하고 누구에게도 말할 수 없는 만행에 피난처를 제공한다. 문학이 우리에게 무죄를 선고한다. 문학은 사형에 맞서 결집한다."(72쪽) 데리다 식으로 표현했을 때 "삶밖에 모르는" (식수의) 관대한 문학은 언제나 여성형으로 표현되고, 여기서 우리는 '여성적 글쓰기'의 그림자를 감지한다. 여성적 글쓰기가 '나'의 보존에 급급한 방어적 사랑이 아니라, "타자를 감행하는" "색다른 사랑(L'Amour Autre)"*을 실천하는 글쓰기라면, 『아야이!』에서 식수

* 2010년 「메두사의 웃음」과 「출구」를 함께 묶어 단행본으로 출간할 때, 프레데리크 르가르(Frédéric Regard)는 머리글의 제목을 'AA!'라고 제시하며 "색다른 사랑(L'Amour Autre)"을 여성적 글쓰기의 핵심으로 꼽았다. 이 이니셜은 앞서 언급했듯이 『아야이!』의

가 묘사하는 문학 또한 '나'를 잃음에도, 내가 가장 두려워하는 것까지 품고, 그것을 가로질러 삶으로 이끄는 "여성성"*을 담지한다.

무언가를 지시하는 동시에 고정시키는 힘은 언어가 가진 능력이자 한계일 수 있다. 그렇다면 식수의 글이 쏜살같이, 한 번에 여러 말을 하면서 나아가는 이유를 언어 자체에 내재한 경직성을 피하려는 노력으로 읽을 수 있지 않을까? 식수가 다루는 내용이 아무리 이론적이고 철학적이라 한들 그 날쌘 글쓰기는 일관된 번역과 해석에 저항한다. 결코 친절하지 않은 식수의 글을 읽는 동안 우리는 길을 잃었다 찾기를 반복하는데, 이는 식수가 이야기하는 문학, 즉 삶을 노래하고, 잃고, 잃는 순간 그 고통을 붙들고, 삶을 되돌리고, 또다시 잃고, 심지어 살해하기를 반복하는 문학을 이해하지 못하는 가운데 이해하는 방법이 아닐까?

이혜인

서론에 (아델 압데세메드의 이니셜로서) 다시 등장한다.

* 식수가 말하는 '여성성, 여성, 여성스러운' 등의 단어는 생물학적, 해부학적 본질주의로 향하지 않음을 강조한다. 그렇다고 하여 '여자'가 없는 여성을 이야기하는 것도 아니다. '여성적'이라는 표현의 중의성과 관련해서는 「메두사의 웃음」과 「출구」를 천천히, 다시 읽기를 권하고 싶다.

엘렌 식수 연보

1937년 6월 5일 — 알제리 오랑에서 태어난다. 아버지 조르주 식수(Georges Cixous, 1908–48)는 북아프리카계 유대인으로 의사였고, 어머니 에브 클라인(Eve Klein, 1910–2013)은 나치를 피해 알제리로 이주한 독일계 유대인으로 조산사였다.

1940년 — 비시정부 시기 프랑스 국적을 박탈당한다. 1870년 크레미외 법령이 시행되면서 식민지에 거주하는 유대인과 유럽계 이주자는 프랑스 시민권을 부여받았는데, 식수의 부계가족도 그 수혜자였다. 그러나 이 법령은 1940년 친독 괴뢰정부인 비시 정권이 들어서면서 효력을 잃었다. 비시정부는 프랑스 본토의 유대인을 수용소로 보내는 한편 식민지의 유대인 시민권을 박탈했다. 식수의 아버지는 노동권을 박탈당하고, 식수는 공립학교에 입학하지 못한다. 식민지에서 태어나 프랑스 시민권을 부여받고, 박탈당하고, 또다시 얻은 경험은 식수의 문학관과 세계관 형성에 큰 영향을 준다. 식민국과 피식민국 어디에도 속하지 못하며 이중의 반유대주의를 체험한 것은 국가 정체성의 허상과 폭력을 성찰하는 기회로 작용한다.

1948년 — 식수가 열 살이 되던 해, 아버지 조르주 식수가 폐결핵으로 사망한다. 아버지의 갑작스러운 죽음은 식수의 문학 여정에 큰 영향을 미쳤다. 세상이 무너지고, 문학만이 유일한 출구였다고 이야기하는 식수는 이후 많은 작품에서 죽은 아버지를 등장시킨다.

1955년 — 바칼로레아 취득 후 알제리를 떠나 프랑스에 정착한다. 기 베르제(Guy Berger)와 결혼한다. 세 자녀를 두었으나 첫째 아들을 일찍 잃었다. 베르제와는 1964년에 이혼한다.

1959년 — 영어 교수 자격시험에 합격, 보르도에서 교편을 잡는다.

1963년 — 자크 데리다와 처음 대면한다. 두 지성 간 교류는 2004년 데리다가 사망한 이후에도 작품 속에서 항구히 계속된다.

1967년 — 단편집 『신의 이름(Le Prénom de Dieu)』으로 데뷔한다.

1968년 — '제임스 조이스의 망명 혹은 대체의 예술'이라는 주제로 박사 학위논문을 마친다. 뱅센실험대학(파리8대학) 창설에 적극 참여한다. 이듬해 개교 후 식수는 영문학과 교수이자 (1974년부터는) 여성학과 교수로 2005년까지 재직한다.

1969년 — 첫 장편소설 『안(Dedans)』을 발간한다. 아버지의 죽음을 소재로 다룬 이 소설은 이듬해 메디시스 상을 수상한다. 츠베탄 토도로프, 제라르 주네트와 함께 쇠유 출판사(Éditions du Seuil)의 문학 이론 총서 '시학(Poétique)'을 기획한다.

1971-2년 — 미셸 푸코와 함께 감옥정보그룹(GIP, Groupe d'information sur les prisons)에 참여한다. 그 과정에서 연출가 아리안 므누슈킨과 친교를 맺는다.

1973년 — 프랑스 국립도서센터(Centre national du livre)의 전신인 국립문학센터(Centre national des lettres) 창립 멤버로 활동.

1974년 — 파리8대학에 여성학 연구소를 신설하고, 여성학 박사 학위 과정을 도입한다.

1975년 — 프랑스에서 여성해방운동(MLF, Mouvement de liberation des femmes)이 한창이던 시기, 에세이 「메두사의 웃음(Le rire de la méduse)」을 발간한다. 페미니스트 매니페스토로도 읽히는 이 글에서 식수는 문학, 철학, 정신분석학에 관한 해박한 지식을 바탕으로 남성 우월주의를 비판하고, 젠더와 무관하게 새로운 여성성을 선사할 글쓰기를 '여성적 글쓰기(écriture féminine)'라 명명한다. 강력한 필치와 시적 언어로 쓰인 이 에세이는 여러 언어로 번역되고 프렌치 페미니즘의 대표작으로 불리며 주목받는다. 1999년까지 식수의 거의 모든 글은 (앙투아네트 푸크가 1973년 설립한 여성 출판사) 데 팜므(Des Femmes)에서 출간된다. 이 시기 글들은 주로 소설 형식이지만 장르를 특정하기 힘들다. 가족사, 신화, 성경, 정신분석학을 바탕으로 한 중의적인 언어유희, 은유와 환유가 특징적이다. 데 팜므에서 발간하거나 재간한 책으로는 『시작들(Les commencements)』(1970), 『중성(Neutre)』 (1972), 『태양의 초상(Portrait du Soleil)』(1974), 『숨결(Souffles)』(1975), 『내기(Partie)』(1976), 『앙스트(Angst)』(1977), 『심연 너머로의 결혼 준비(Préparatifs de noces au-delà de l'abîme)』(1978), 『아낭케(Anankè)』(1979), 『오랑주 살기(Vivre l'orange)』 (1979), 『일라(Illa)』(1980), 『프로메테아의 책(Le Livre de Prométhéa)』(1983), 『새해 첫날들(Jours de l'An)』(1990), 『대홍수(Déluge)』(1992), 『메시아(Messie)』(1996), 『오르, 내 아버지의 편지(OR, les lettres de mon père)』(1997),

『오스나브뤼크(Osnabrück)』(1999) 등이 있다.

1983년 — 데리다가 창립한 국제철학학교에서 문학 세미나를 시작한다. 서양 고전 작품을 세밀히 읽어 나가는 세미나는 매월 개최되며, 현재까지 거의 40년간 진행 중이다.

1985년 — 아리안 므누슈킨이 이끄는 태양극단(Théâtre du Soleil)에서 식수의 희곡 「캄보디아 왕 노르돔 시아누크의 끔찍하지만 완결되지 않은 이야기(L'Histoire terrible mais inachevée de Norodom Sihanouk, roi du Cambodge)」을 초연한다. 식수의 텍스트는 1970년대부터 연극 무대에 오르긴 했지만, 식수가 본격적으로 희곡 집필에 착수한 것은 므누슈킨과 작업하면서부터다. 「인디아드, 혹은 그들의 꿈속 인도와 연극에 관한 몇 편의 글(L'Indiade, ou l'Inde de leurs rêves et quelques écrits sur le théâtre)」(1987), 「위증의 도시 혹은 에리니스의 기상(La Ville parjure ou Le réveil des Erinyes)」(1994), 「제방의 북소리(Tambours sur la digue)」(1999) 등이 대표작이다.

2000년대 — 데리다와 공저한 『베일(Voiles)』(1998)을 필두로 2019년까지 책 대부분이 갈릴레에서 출간된다. 이 시기 책들은 자전적 픽션과 문학, 철학, 예술에 관한 에세이, 희곡으로 나뉜다. 픽션으로는 『야생적인 여인의 환상(Les Rêveries de la femme sauvage)』(2000), 『몽테뉴에 베냐민(Benjamin à Montaigne)』(2001), 『꿈 네게 말해(Rêve je te dis)』(2003), 『독당근(Ciguë)』(2008), 『에브 도망치다(Ève s'évade)』(2009), 『돌변(Revirements)』(2011), 『죽음의

폐위(Le Détrônement de la mort)』(2014), 『예루살렘의 오스나브뤼크역(Gare d'Osnabrück à Jérusalem)』(2016) 등이, 에세이로는 『고집하기: 자크 데리다에게(Insister: à Jacques Derrida)』(2006), 『영에 가까운 이: 샘 베케트(Le Voisin de zéro: Sam Beckett)』(2007), 『상처의 보존: 장 주네에 관하여(Entretien de la blessure: sur Jean Genet)』(2011), 『알신스키 뿌리의 여행(Le Voyage de la racine alechinsky)』(2012), 『아야이! 문학의 비명(Ayaï ! Le cri de la littérature)』(2013), 『먼지의 봉기: 아델 압데세메드(Insurrection de la poussière: Adel Abdessemed)』(2014) 등이 있다.

2013년 — 엘렌 식수의 어머니이자 식수의 소설 절반 이상의 주인공이기도 한 에브 식수가 103세의 일기로 사망한다.

2014년 — 어머니의 마지막 여정을 다룬 픽션 『호메로스 죽다…(Homère est morte...)』를 출간한다. 프랑스어 상(Prix de la langue française), 마르그리트 뒤라스 문학상을 수상한다.

2016년 — 프랑스 문예공로훈장(Commandeur des Arts et Lettres), 마르그리트 유르스나르 문학상을 받는다.

2021년 — 「인도의 방(Une chambre en Inde)」(2016) 이후 5년 만에 태양극단과 희곡 「황금섬(L'île d'or)」을 선보였다.

2022년 현재 — 매해 책을 집필하며 학술 및 창작 활동을 하고 있다.

워크룸 문학 총서 '제안들'

일군의 작가들이 주머니 속에서 빚은 상상의 책들은 하양 책일 수도, 검정 책일 수도 있습니다. 이 덫들이 우리 시대의 취향인지는 확신하기 어렵습니다.

1 프란츠 카프카, 『꿈』, 배수아 옮김
2 조르주 바타유, 『불가능』, 성귀수 옮김
3 토머스 드 퀸시, 『예술 분과로서의 살인』, 유나영 옮김
4 나탈리 레제, 『사뮈엘 베케트의 말 없는 삶』, 김예령 옮김
5 마세도니오 페르난데스, 『계속되는 무』, 엄지영 옮김
6 페르난두 페소아, 산문선 『페소아와 페소아들』, 김한민 옮김
7 앙리 보스코, 『이아생트』, 최애리 옮김
8 비톨트 곰브로비치, 『이보나, 부르군드의 공주/결혼식/오페레타』, 정보라 옮김
9 로베르트 무질, 『생전 유고/어리석음에 대하여』, 신지영 옮김
10 장 주네, 『사형을 언도받은 자/외줄타기 곡예사』, 조재룡 옮김
11 루이스 캐럴, 『운율? 그리고 의미?/헝클어진 이야기』, 유나영 옮김
12 드니 디드로, 『듣고 말하는 사람들을 위한 농아에 대한 편지』, 이충훈 옮김
13 루이페르디낭 셀린, 『제멜바이스/Y 교수와의 인터뷰』, 김예령 옮김
14 조르주 바타유, 『라스코 혹은 예술의 탄생/마네』, 차지연 옮김
15 조리스카를 위스망스, 『저 아래』, 장진영 옮김
16 토머스 드 퀸시, 『심연에서의 탄식/영국의 우편 마차』, 유나영 옮김
17 알프레드 자리, 『파타피지크학자 포스트롤 박사의 행적과 사상』, 이지원 옮김
18 조르주 바타유, 『내적 체험』, 현성환 옮김
19 앙투안 퓌르티에르, 『부르주아 소설』, 이충훈 옮김
20 월터 페이터, 『상상의 초상』, 김지현 옮김
21 아비 바르부르크, 조르조 아감벤, 『님프』, 윤경희 쓰고 옮김
22 모리스 블랑쇼, 『로트레아몽과 사드』, 성귀수 옮김
23 피에르 클로소프스키, 『살아 있는 그림』, 정의진 옮김
24 쥘리앵 오프루아 드 라 메트리, 『인간기계론』, 성귀수 옮김
25 스테판 말라르메, 『주사위 던지기』, 방혜진 쓰고 옮김
26
27
28
29
30

31 에두아르 르베, 『자살』, 한국화 옮김
32 엘렌 식수, 『아야이! 문학의 비명』, 이혜인 옮김
33 리어노라 캐링턴, 『귀나팔』, 이지원 옮김
34 스타니스와프 이그나찌 비트키에비치, 『광인과 수녀/쇠물닭/폭주 기관차』, 정보라 옮김
35 스타니스와프 이그나찌 비트키에비치, 『탐욕』, 정보라 옮김
36 아글라야 페터라니, 『아이는 왜 폴렌타 속에서 끓는가』, 배수아 옮김
37 다와다 요코, 『글자를 옮기는 사람』, 유라주 옮김

제안들 32

엘렌 식수
아야이! 문학의 비명

이혜인 옮김

초판 1쇄 발행. 2022년 12월 15일

발행. 워크룸 프레스
편집. 김뉘연
제작. 세걸음

ISBN 979-11-89356-91-0 04800
978-89-94207-33-9 (세트)
16,000원

워크룸 프레스
03035 서울시 종로구
자하문로19길 25, 3층
전화. 02-6013-3246
팩스. 02-725-3248
메일. wpress@wkrm.kr
workroompress.kr
workroom.kr

옮긴이. 이혜인 — 연세대학교 불어불문학과를 졸업하고, 동 대학원과 파리3대학에서 석사 과정을 마쳤다. 파리8대학에서 아니 에르노, 엘렌 식수, 샹탈 아케르만의 애도의 글쓰기에 관한 박사 논문을 준비하고 있다.